너의
바다가
되어

너의 바다가 되어

고상만 지음

크록

인권운동가가 쓴 동물권 이야기

　이 책을 쓰기로 처음 마음먹은 때는 2011년 어느 날이었다. 책이 나오는 날을 역순 하면 무려 10년 전의 일이다. 그 날도 나는 평소처럼 지하철 3호선을 타고 퇴근하던 중이었다. 그런데 당시 지하철역 인근에서 무료로 배포하던 타블로이드판 신문을 읽던 중 나는 한 기사에 울컥, 끝내 눈물을 흘리고 말았다. 무심결에 당한 감동의 일격 앞에서 나는 그야말로 엉엉 울고 말았다. 그러면서 눈물을 흘리던 몇 초 사이에 이 책의 줄거리 대부분을 구상하는 신기한 경험을 하게 된다. 나는 차오르는 감동의 힘을 잃지 않고자 곧바로 글을 쓰기 시작했고, 그렇게 해서 지난 10년 동안 틈틈이 글을 쓰고 또 수정하면서 내내 행복했다.

한편, 이 동화의 모티브가 된 그 날의 기사는 어느 여성 조련사의 실화였다. 2011년 당시, 동물원에 갇혀있는 돌고래를 바다로 돌려보내자는 이슈가 뜨거웠을 때 돌고래 조련사였던 제보자가 실제 겪은 사례를 인터뷰한 기사였다. 동물원에는 잡혀 온 돌고래만 있는 것이 아니라, 잡혀 온 엄마 돌고래와 아빠 돌고래 사이에서 태어난 새끼 돌고래도 있다고 한다. 주인공인 아토 역시 그렇게 동물원 수족관에서 태어난 새끼 돌고래이다.

　　그런데 엄마 돌고래와 새끼 돌고래가 함께 공연에 투입된 날, 허공에 달린 링을 통과하기 위해 하늘로 치솟은 엄마 돌고래에게 큰 비극이 발생했다. 링을 통과한 엄마가 떨어질 입수 지점에 새끼 돌고래가 있는 것 아닌가. 그러자 엄마 돌고래는 새끼를 살리기 위해 본능적으로 '세 번 몸을 비틀어' 물이 아닌 콘크리트 무대 바닥으로 떨어지고 말았다는 것이다. 그리고 3일 후, 엄마 돌고래는 끝내 숨졌다고 한다. 너무나 숭고한 돌고래 엄마의 모성애였다. 그야말로 먹먹한 감동을 피할 수 없었다. 그러면서 그때 불현듯 떠오른 상상.

'그 엄마 돌고래가 죽기 직전, 만약 새끼 돌고래와 만났다면 엄마는 자기 새끼 돌고래에게 무슨 말을 했을까? 괜찮냐고 물었을까? 아니면 내가 미안하다고 했을까?'

이 동화는 그런 상상으로 출발하여 구성한 이야기이다. 그리고 동화이면서 실화를 기반으로 한 동물권에 대한 이야기이다. 또 하나는 동화이면서 어린이가 아닌 '어른을 위한' 동화를 쓰고 싶었다. 단순히 동물에 대한 이야기가 아니라 가족의 소중한 공동체를 말하고 싶었기 때문이다. 그래서 이 책에는 너무도 비슷한 처지에 있는 사람과 돌고래가 주인공으로 등장한다.

10살 여자아이 종안이와 3살 수컷 돌고래 아토, 그리고 자기 아이를 지키기 위해 목숨을 대신 희생한 두 엄마 수진이와 돌고래 루나, 마지막으로 가족을 지키기 위해 또 다른 방식으로 헌신했던 '다르지만 같은' 두 아빠 진수와 돌고래 덴버. 사람과 동물로 나뉘지만 결국은 가족이라는 테두리 안에서 사람이나 동물이나 전혀 다르지 않은 '가족애'를 말하고 싶었다.

부디 이 동화가 코로나19로 힘들고 지친 모든 분들에게 작은 위로가 되기를 소원한다.

　　끝으로 이 결실을 맺게 해준 출판사 관계자분들과 편집에 애를 써주신 김채은 선생, 그리고 일러스트를 예쁘게 그려 준 도톨 님에게 깊이 고마운 마음을 전한다. 무엇보다 10년간 써온 이 동화를 내 가족인 아내 장경희 님, 그리고 아들 충열이와 딸 은결이에게 전할 수 있어 기쁘다. 특히 그간 써왔던 이전의 책과 결이 다른 동화를 처음 낸다는 점에서 더욱 설레고 행복한 마음을 감출 수 없다. 마치 책을 처음 내는 심정이다. 모두의 덕분이다. 또 좋은 책으로 보답하고 싶다.

코로나19 종식의 염원을 담아 2021년 10월 가을날에

고상만 씀

1

"종안아. 나갈 준비 다 됐니? 이제 그만 출발해야 할 것 같은데…."

"네. 아빠. 지금 나갈게요."

올해로 열 살이 되는 여자아이 종안이는 오늘 아빠와 함께 동물원을 갑니다. 그래서 오늘은 정말로 특별한 날입니다. 종안이는 아빠와 함께 어디론가 여행을 다녀온 적이 언제였는지 기억도 가물가물합니다. 아빠의 직업은 바다에서 잡아 온 활어를 수송하는 대형 수조차 기사입니다. 매일 강원도 속초에서 싱싱한 물고기를 수조 차에 한가득 싣고 올라와 서울의 수산 시장과 대형 횟집 등에 배송하는 일을 합니다. 그래서 늘 바쁘고 또 육체적으로 힘든 아빠는 종안이와 함께 시간을 보낼 수 없었습니다.

종안이는 올해 열 살이지만 또래 아이들처럼 학교에 다닐 수 없습니다. 태어날 때부터 가진 병, 바로 선천성 심장병 때문입니다. 종안이에게 엄마가 없는 이유도 바로 이 병 때문입니다. 엄마는 종안이를 낳고 3일째가 되던 날, 그만 하늘나라로 떠났습니다. 그래서 종안이의 기억 속에 엄마는 움직이는 모습이 없습니다. 사진 속에 멈춰있는 예쁜 엄마의 미소. 작은 액자 안에 종안이는 없고 다만 아빠와 단둘이 웃고 있는 모습. 그것이 종안이에게 남아 있는 엄마의 모든 것입니다.

"아빠. 엄마는 어떤 사람이었어요?"

"음….."

어느 날, 종안이가 유치원을 다닐 때였습니다. 엄마 얼굴을 그리는 숙제가 있던 날, 종안이가 아빠에게 물었던 질문입니다. 아마도 그날이 종안이가 기억하는 첫날이자 마지막 날이었을 것입니다. 엄마에 관해 물어본 날 말입니다. 그날 아빠는 아무 말이 없었습니다. 그저 종안이를 안고 머리만 쓰다듬어 줄 뿐이었습니다. 그래서 어린 종안이도 알았습니다. 궁금해도 엄마에 대해서는 물어보면 안 되겠다고 하는 것을 말입니다.

그런 엄마 이야기를 처음 종안이에게 들려준 사람은 고모였습니다. 집 가까운 곳에 사는 고모는 아빠가 전날 밤에 출발하여 다음 날 아침에 돌아올 때까지 늘 종안이를 챙겨준 사람입니다. 때때로 어떤 날은 고모의 집에서 종안이가 늦게까지 자고 오는 날도 있었지만, 종안이는 되도록 집에서 잠을 자려고 했습니다. 아빠가 고모 집에서 잠든 자기를 안고 나오는 것이 싫었기 때문입니다. 어린 종안이에게도 내 집이 더 좋은 것은 어쩔 수 없었습니다.

"종안아. 엄마는 참 착한 사람이었어. 특히 눈이 참 착하게 생긴 여자였지. 네 눈이 엄마하고 똑 닮았거든."

아빠와 엄마의 인연은 대학에서 시작되었다고 합니다. 군 복무를 마치고 복학한 아빠와 이제 막 신입생으로 대학에 들어온 엄마가 처음 서로를 알게 된 곳은 대학 신입생 오리엔테이션 행사장이었습니다. 예비역인 아빠가 혹시나 하고 간 신입생 모임에서 그야말로 심장에서 쿵 하는 소리가 들릴 정도로 혹할 여학생을 본 것입니다. 그것도 우연히 앉게 된 자리 맞은편에 앉은 여학생이었습니다. 눈이 선하게 생긴 모습. 오랫동안 자신이 꿈꿔온 이상형이었습니다. 하지만 갑자기 만난, 그야말로 예상치도 못한 우연한 만남에서 아빠는 내내 혼자만 설렜을 뿐 말 한마디 제대로 하지 못한 채 첫 만남은 그렇게 싱겁게 끝났다고 합니다.

'이런 바보 같은 놈. 전화번호라도 물어보지 않고….'

이런 자책과 후회를 하며 집으로 돌아온 그 날 저녁, 그야말로 축복처럼 다가온 사람이 있었으니 바로 아빠의 여동생, 종안이의 고모였습니다. 아빠 방으로 고모가 들어와서는 "오빠. 내 친한 친구가 이번에 오빠 과에 후배로 입학했다는데 잘 좀 챙겨줘"라고 말했다는 것입니다. 그러면서 듣게 된 이름, 바로 신입생 환영회에서 만났던 그 여학생의 이름이 아닌가요. 그 순간, 아빠가 짓던 표정을 종안에게 전하며 고모는 끝내 '까르르' 웃음을 터트렸습니다.

그렇게 해서 고모 덕분에 자연스럽게 맺어진 엄마와 아빠의 사랑은 대학 캠퍼스에서도 금세 유명해질 정도로 대단했다고 합니다. 누구나 한번 보면 외면할 수 없을 정도로 미모가 뛰어났던 엄마는 마음씨도 착해 남학생들 사이에서 인기가 많았다고 합니다. 같은 과 남학생은 물론이고 소개팅 한번 해달라는 주문이 여기저기서 쇄도할 정도로 관심이 높았다는데 그중 엄마의 마음을 독차지한 사람은 오직 한 명, 바로 아빠였습니다. 그러니 얼마나 질투가 대단했을까요.

하지만 그렇게 신나게 엄마, 아빠의 연애담을 전해주던 고모의 표정은 이내 흐려졌습니다. 가장 행복한 순간에 엄마와 아빠의 시련이 시작되었기 때문이었습니다. 유난히 하얀 피부였던 엄마에게는 남다른 비밀이 하나 있었다고 합니다. 바로 선천성 심장질환이었습니다. 그래서 할머니와 고모는 유난히 하얀 종안의 피부를 좋아하지 않았습니다. 그것도 다 엄마를 닮아서 그런 거라며, 그래서 종안이 앓게 된 심장병도 엄마 때문이라며 종종 혀를 차곤 했습니다.

그러다 보니 엄마와 아빠가 결혼하는 과정은 그야말로 눈물 없이는 들을 수 없는 슬픔이었다고 고모는 말했습니다. 친가와 외가 모두가 서로 이유를 들어 이 결혼을 반대했다고 합니다. 엄마의 건강이 좋지 않으니 당연히 시댁 쪽에서 더 심하게 반대했을 것 같은데 실제로는 거꾸로였고, 특히 외할머니의 반대가 매우 강했다고 합니다. 어려서부터 몸이 약하고 아픈 딸이 일찍 결혼하는 것도 못마땅하고, 또 그로 인해 주눅 든 시집살이를 하느니 차라리 하지 말라는 입장이었습니다. 그래서 엄마는 외할머니 앞에서는 아예 결혼 이야기도 꺼낼 수 없는 상황이었다고 합니다.

하지만 반대에도 불구하고 엄마와 아빠의 사랑은 막지 못했습니다. 어쩌면 자신의 운명을 예감이라도 한 것일까요. 평소 온순하고 착하기만 했던 엄마가 "결혼만큼은 내 뜻대로 하겠다"라는 선언과 함께 이른바 '가출'을 감행한 것입니다. 그렇게 해서 시작된 대학가 주변 자취방 하나를 얻어 시작된 단칸방 동거. 비록 가족으로부터 축복받지 못한 시작이었지만 이 시간이 엄마와 아빠에게는 그야말로 최고로 행복한 순간이었다고 합니다.

시간이 흘러 어느덧 몇 달 후, 엄마는 자신의 몸 안에서 생명이 잉태되었다는 사실을 알게 되었다고 합니다. 외가의 반대가 누그러진 때도 바로 그때쯤이었다고 하고요.

"엄마. 미안해요. 제가 집을 나간 건 잘못했어요. 이제 그만 화 푸세요."

"장모님. 죄송합니다. 앞으로 저희가 행복하게 사는 것으로 보답하겠습니다."

자식 이기는 부모는 없다고 했던가요. 용서를 구하는 딸과 사위에게 처음엔 문도 열어주지 않던 외할머니가 결국 문을 열어주면서 마음의 문도 함께 열어준 것입니다. 누구보다 딸을 사랑하기에 반대했던 결혼이었지, 정말로 딸과 사위가 미워서 그런 것은 아니니 어쩌면 당연한 결과겠지요. 그렇게 한동안 서로 마음고생을 한 만큼 이후 외할머니의 정성 역시 더 지극했다고 합니다.

모든 난관이 해결되고 정말로 남들처럼 그런 소소한 행복만 이어지리라 믿었던 그때였습니다. 엄마 뱃속에서 '달콩이'라는 태명으로 불리던 훗날 종안이가 이제나저제나 태어나리라 기대하며 하루하루 날짜를 꼽아가던 그때, 산부인과로 정기검진을 받으러 간 엄마와 아빠에게 담당 의사가 심각한 표정으로 던진 말입니다.

"아무래도 몇 가지 검사를 더 해봐야겠습니다. 일단 입원하시고 좀 살펴보도록 하죠. 결과를 보고 난 후에 다시….."

사실 출산일이 가까워지면서 엄마의 건강은 좋지 않았습니다. 엄마는 남들이 눈치챌까 봐 친구인 고모에게도 그 사실을 말하지 않았다고 합니다. 그저 자신이 혼자 그 비밀을 감당하고 있었던 것입니다. 아무 일도 아닐 것이라는 자기최면을 걸어 놓고 어서 빨리 달콩이가 세상 밖으로 나오기만 기도했다고 합니다. 엄마는 외할머니가 반대했던 '그일'

은 일어나지 않는다는 걸 보여주고 싶었던 것입니다. 엄마가 건강하고 아기 역시 건강하며, 그래서 모두 다 아무 문제가 없다는 그 결론 말입니다. 그러나 그것은 간절한 희망일 뿐, 있는 문제가 없어지는 것은 아니었습니다. 상태는 엄마가 생각한 것보다 더 좋지 않았던 것입니다.

우려는 현실이 되었습니다. 의사는 각종 검사 결과를 놓고 곤혹스러운 표정을 애써 지우려 노력하면서 아주 덤덤하게 말을 이어갔습니다. 마치 아무 일도 아닌 것처럼 그렇게 의사가 던진 그 말은 '배 속의 아기를 포기 해야 한다'는 결론이었습니다. 충격과 공포가 일순간 엄마와 아빠를 엄습했습니다. 누구도 쉽게 말을 하지 못한 채 머뭇거리던 그때, 처음 말을 꺼낸 사람은 엄마였습니다. 엄마는 의사에게 물었습니다.

"아기를 포기하지 않으면…. 어떻게 되나요?"

의사는 틈을 주지 않고 재빨리 말을 받았습니다. 어려운 말일수록 더 빨리, 그리고 간결하게 끝내는 게 오히려 좋다는 것을 의사는 경험으로 알고 있었기 때문입니다.

"어려운 일이지만 아기만 포기하면 산모 건강은 큰 문제가 없을 겁니다. 그런데 만약 아기를 포기하지 않으면…. 산모와 아기, 모두 장담할 수 없습니다."

그러자 엄마는 다시 의사에게 물었습니다.

"아기가 위험하다면, 그 위험이 어느 정도인가요? 가능성은 얼마나…."

그때였습니다. 아빠가 엄마에게 화를 낸 것도 그때가 처음이었다고 합니다.

"수진아. 왜 그래? 네가 있고 그다음에 아기도 있는 거야. 나한테는 지금 아기보다 네가 더 중요해. 그러니 그만 포기하고 의사 선생님 말씀 듣자."

그러자 엄마는 눈물을 가득 머금은 눈으로 아빠를 돌아보며 말했습니다.

"선배. 저는 그렇게 할 수 없어요. 제 뱃속에서 이렇게 움직이는 아기를 어떻게 내가 살겠다고 죽여요. 그게 엄마예요? 전 그렇게 할 수 없어요."

"그럼 나는? 만약에 네가 잘못되면 나는 어떻게 할 건데? 나는 아기보다 네가 더 소중해. 물론 너도 살고 아기도 살릴 수만 있다면 그렇게 해야겠지만 그게 안 된다잖아. 그러니 수진아. 이건 아니야. 제발 이번엔 내 말을 들어."

엄마와 아빠의 공방을 지켜보던 의사는 내내 안타까운지 고개를 숙인 채 검사 결과만 살펴볼 뿐이었습니다. 어쩌면 이런 결과를 전해주고 그 결정을 해야 하는 당사자들의 공방을 지켜보는 것은 의사로서의 숙명 중 하나가 아닐까요. 하지만 엄마의 태도는 분명했습니다. 늘 아빠에게 다정하고 순종적이었던 엄마였지만 그때만은 달랐다고 합니다. 엄마는 다시 한번 애절하게, 그러면서도 분명하게 말을 이어갔습니다.

"아냐. 선배. 괜찮아요. 나 안 죽어요. 살 수 있어요. 지금까지 내가 살아오면서 이렇게 위험하다는 말, 병원에서 수없이 들었어요. 그래도 지금까지 잘살고 있잖아요. 이번에도 그럴 거예요. 그러니까 날 믿고 우리 달콩이 잘 낳으면 돼요. 난 아기 낳을 거예요. 절대 포기할 수 없어요."

"바보 같은 소리 하지 마. 왜 이렇게 고집을 부려? 네가 죽을 수도 있다고 하잖아. 아니…. 네가 죽는다고. 네가 죽는다는데 그까짓 아기가 무슨 소용이야. 다 필요 없어. 수술해야 돼. 그래야 해."

그 순간이었습니다. 수진이 와락 진수를 끌어안았습니다. 갑작스러운 엄마의 돌변에 아빠와 의사는 깜짝 놀랐습니다. 그렇게 아주 짧은 정적이 흐른 뒤 이내 들려온 엄마의 울음 담긴 흐느낌.

"선배. 그렇게 말하지 마요. 배 속의 아기가 다 듣고 있잖아. 지금 아기가 내 배를 얼마나 차면서 울고 있는지 알아? 더 이상 말하지 마. 무서워."

20

더는 무슨 말을 할까요? 끄윽 끄윽 소리를 내며 울며 매달리는 수진의 말에 진수는 그만 할 말을 잃었습니다. 서로 부둥켜안고 우는 두 젊은 부부를 보며 의사는 말을 잃고 볼펜만 만지작거릴 뿐이었습니다.

2

운명의 날은 기어이 다가왔습니다. 종안이가 태어난 날은 11월의 첫눈이 내리던 날이었습니다. 그날 내린 눈처럼 정말 하얀 피부를 가진 종안이가 태어났습니다. 그리고 그렇게 하얀 피부를 물려준 엄마는 거짓말처럼 그다음 다음날, 그러니까 종안이가 태어나고 3일째 되던 날 첫눈 속으로 사라졌습니다. 엄마의 바람처럼, 아니 더 간절했던 아빠의 소원은 결국 이뤄지지 못한 것입니다.

어쩌면 엄마는 그 소원이 이뤄지지 못할 것을 이미 알고 있었는지 모릅니다. 종안이에게 필요한 물건을 엄마가 아무도 모르게 준비했다는 것을 아빠가 알게 된 것은 장례가 끝난 후의 일이었습니다. 누구나 그렇듯 이제 막 태어날 아기가 신을 아주 작고 귀여운 신발부터 어른 손바닥 두 개 만한 크기의 하얀 배냇저고리까지.

그런데 엄마가 준비한 것은 또 있었습니다. 이제 막 태어난 아기를 둔 다른 엄마들이라면 준비하지 않았을 물건들이었습니다. 훗날 종안이가 커서 초등학교에 가면 쓰게 될 예쁜 가방과 공책, 그리고 연필과 크레파스 말입니다.

엄마는 아무런 일도 일어나지 않을 것이라며 다른 사람들을 안심시켰지만, 사실은 아기 곁에 남아있지 못할 것을 알고 있었습니다. 그래서 엄마는 혼자 얼마나 울었는지 아무도 모릅니다. 초등학교에 가서 쓸 가방과 공책, 연필을 사며 엄마는 기도했습니다. 이 가방을 내가 들고 아이를 학교까지 데려갈 수 있게 해달라는 기도였습니다. 비 오는 날이면 우산을 들고 학교 정문 앞에서 아이를 데려오는 일상의 행복을 수진은 간절히 기도하고 또 울며 염원했습니다.

하지만 엄마는 그 염원을 이루지 못했습니다. 아빠는 아내가 떠나고 난 후에야 그 소소한 물건들을 보며 또 그렇게 울었습니다. 자기가 몰랐던, 아내의 슬픔을 눈치채지 못한 미련을 자책하며 아빠는 또 그렇게 울었던 것입니다.

3

서울 근교의 동물원에 도착한 종안이는 그야말로 최고로
신이 났습니다. 하늘에는 5월의 푸르름이 넘실거렸습니다.
여기저기 가족 단위로 동물원을 찾은 인파로 동물원은 그야
말로 장사진을 이루고 있었습니다. 종안의 아빠 진수도 마
찬가지였습니다. 이미 많은 사람들이 입장권을 사고자 줄을
서 있었기에 한 명이라도 더 앞에 서기 위해 정신없이 인파
를 헤집고 줄을 섰습니다.

그런데 그때 동물원 입구 한쪽에서 누군가의 고성이 들려
왔습니다. 여러 명의 남자 무리와 한 젊은 여성 사이에서 뭔
가를 두고 실랑이를 벌이는 소리였습니다. 그러더니 옥신각

신하는 소리가 점점 커지며 사람들이 이내 주변으로 하나둘 모여들기 시작한 것입니다. 도대체 무슨 일일까. 어린 종안이 역시 자연스럽게 궁금했습니다. 세상일에서 제일 좋은 구경 중 하나가 싸움 구경이라고 하지 않았나요. 그러니 종안이 역시 무슨 일로 저렇게 큰 소리를 내는지 자연스럽게 귀가 쫑긋해진 것입니다. 그런데 그때 아빠의 목소리가 들렸습니다.

"종안아. 입장권 샀다. 어서 들어가야지."

"네."

종안이는 좀전의 궁금함을 잊고 이내 아빠가 내미는 손을 잡았습니다. 그리고 마침내 검표원에게 입장권을 제시하고 동물원 안으로 들어선 순간 제일 먼저 눈에 띈 동물은 붉은 홍학 무리였습니다. 동물원의 입구 가장 첫 번째에 자리 잡은 붉은 홍학의 다리는 그야말로 길고 늘씬했습니다. 가느다란 한쪽 다리로만 온몸을 버티면서도 우아한 자태를 뽐내고 있는 붉은 홍학을 본 순간 종안은 그토록 가고 싶었던 동물원에 내가 정말 왔다는 실감을 느끼기에 충분했습니다. 이어 바로 옆에는 또 다른 동물, 기린. 그리고 거기서 조금 더 올라가니 종안이가 그동안 그림책에서만 봤던 하마의 무리가 보였습니다.

잊을 수 없는 장면은 그때 본 어느 하마의 똥 싸는 모습이었습니다. 세상에나. 크고 둥글납작한 하마의 엉덩이 사이에서 뭔가가 삐져나오는가 싶더니 갑자기 아주 짧은 꼬리를 원판처럼 뱅글뱅글 돌리며 자기 똥을 사방으로 흩어놓는 게 아닌가요. 처음엔 뭐지 하며 멀뚱히 바라보던 관람객들도 이내 여기저기서 웃음이 터졌습니다. 종안과 아빠도 너무 특이한 하마의 배변 습관에 '빵' 터졌습니다. 그런 하마를 본 후 어린 종안이의 걸음은 점점 더 빨라집니다. 하나라도 더 많은 동물을 보고 싶은 욕심 때문입니다.

"종안아. 천천히 다녀."

아빠는 그런 종안이가 걱정입니다. 손을 잡고 천천히 걸어가려고 하지만 종안은 그런 아빠의 손을 뿌리치고 내내 종종거리며 뛰어다닙니다. 주의를 줘도 그때뿐입니다. 그렇게 한나절을 쫓고 도망치며 정신없이 돌아다니다 보니 어느덧 점심시간이 되었습니다. 공원 내 코뿔소 휴게소에서 김밥과 떡볶이로 점심을 먹고 난 종안의 귓가에 동물원의 안내 방송이 들려왔습니다.

"싱그러운 5월의 주말을 맞이하여 동물원을 방문해 주신 관람객 여러분께 감사드립니다. 잠시 후 돌고래 공연장에서는 돌고래의 멋진 공연이 시작될 예정입니다. 돌고래 공연의 관람을 원하시는 관람객께서는…."

종안이에게는 그야말로 '두둥' 천둥이 치는 것처럼 기쁜 소식이 아닐 수 없었습니다. 돌고래를, 그것도 방송에서나 본 공연 모습을 직접 볼 기회가 찾아온 것이니 더욱 그랬습니다.

"아빠. 저도 돌고래 공연 보고 싶어요. 빨리요."

종안이는 이번에도 아빠의 손을 끌고 돌고래 공연장이 있는 곳으로 달리듯 걸어갔습니다. 마음은 급한데 아빠 걸음은 왜 이리 느리기만 한지 종안이는 그야말로 답답하기만 했습니다. 아니나 다를까. 이미 돌고래 공연장 입구에는 많은 사람들이 줄을 서서 입장을 기다리고 있는 것 아닌가요.

종안이는 아빠의 손을 놓고 냉큼 사람들의 뒤에 줄을 섰습니다. 그렇습니다. 종안이는 돌고래 공연을 태어나 처음 보는 것입니다. TV에서나 본 그것을 실제로 볼 수 있다는 기대감에 종안이의 마음은 그야말로 날아갈 것처럼 좋았습니다.

4

줄지어 입장한 돌고래 공연장은 대단했습니다. 적어도 종안의 눈에는 그랬습니다. 종안이는 그렇게 많은 물이 담긴 수조를 태어나 처음 봤습니다. 그런 수조를 둘러싸고 조성된 타원형 모양의 관람석이 절묘하게 어우러져 종안의 기대는 더욱 커지는 것 같았습니다. 이 많은 좌석이 언제 다 채워지나 싶었는데 순식간에 모든 좌석이 채워졌습니다. 점점 시간이 다가오면서 흘러나오는 음악 역시 리듬감 있는 박자로 쿵쿵거렸습니다.

"와~~ 와!!"

사람들의 감탄사가 순간적으로 치솟았습니다. 공연을 위해 수조 안으로 돌고래가 들어왔기 때문입니다. 검은 등과 흰 배가 절묘하게 어우러진 돌고래가 미끈한 모습으로 물속을 헤엄치는 모습은 그야말로 환상적인 자태였습니다. 종안이는 그 멋진 돌고래에 꽂혀 숨도 쉬지 못할 정도로 흥분했습니다. 이어 젊고 환한 미소를 띤 여자 조련사가 등장했습니다. 조련사의 멋진 인사 후 가볍게 손을 든 그때였습니다. 물속을 헤엄치던 돌고래가 공중으로 붕 떴습니다. 사람들의 환성과 함께 둥근 링을 통과하는 돌고래를 바라보며 종안 역시 환호성을 질렀습니다.

"우리 종안이가 그야말로 정신이 없구나."

종안의 모습이 너무 귀여워 아빠가 농담을 던졌지만 돌고래에 빠진 종안의 귀에는 전혀 들리지 않았습니다. 그렇게 넋을 잃고 돌고래 공연이 진행되던 중이었습니다. 종안의 귀가 쫑긋 세워지는 순간이었습니다.

"어때요? 우리 돌고래들의 공연 멋지지 않습니까? 그래

서 오늘 공연을 보기 위해 찾아와 주신 많은 어린이 손님들에게 아주 특별한 추억을 선물하려고 합니다. 여기 조련사 누나가 내는 문제를 맞히는 어린이 손님에게 돌고래와 기념 촬영하는 기회를 드리겠습니다. 어때요? 어린이 여러분 할 수 있겠어요?"

순간 아이들의 함성이 터졌습니다. 종안이 역시 마찬가지였습니다. 공연장을 향해 다가앉으며 조련사가 낼 문제에 집중하기 시작한 것입니다. 그런 종안의 모습에 아빠는 웃음이 났습니다. 저렇게까지 하고 싶어 하는데 선택을 받지 못하면 어찌할까 싶어 걱정될 지경이었습니다. 그런데 이럴 수가. 정말 뜻밖의 기회가 찾아온 것입니다. 놀랍게도 종안이가 문제를 맞힐 아이로 조련사에게 선택을 받게 된 것 아닌가요.

조련사가 문제를 내자 수많은 아이들이 너도나도 다 같이 "저요. 저요!" 하며 손을 들었는데 어떻게 저리 조그마한 아이가 조련사의 눈에 보였을까요. 어쩌면 이날의 작은 일이 이 모든 일의 시작이었는지 모릅니다. 누구도 예상하지 못했던 이야기, 열 살 꼬마 아이 종안이와 또 다른 꼬마 돌고래 아토의 믿기 힘든 슬픈 사연이 지금부터 시작됩니다.

5

"자. 좀 전에 문제를 맞힌 어린이는 공연이 끝난 후 보호자 분과 함께 앞으로 나와 주세요. 약속대로 이제 만 세 살이 된 우리 동물원의 보배, 돌고래 아토와 함께 기념 촬영하는 추억을 선물해 드리겠습니다. 그렇습니다. 방금 조련사가 낸 문제처럼 돌고래는 알을 낳는 것이 아니라 사람과 똑같이 아기 돌고래인 새끼를 낳습니다. 이 문제를 아주 잘 맞혔네요. 지금 여기서 공연을 하는 아토는 우리 동물원에서 태어난 아주 귀한 돌고래입니다. 그러고 보니 오늘이 아토의 생일날이네요. 정확히 만 3년 전 오늘 태어난 아토는 우리 동물원 돌고래 중에서 가장 막내입니다."

사람들은 의외라는 듯 연신 고개를 주억거렸습니다. 아빠도 처음 알았습니다. 돌고래가 알이 아닌 사람처럼 어린 새끼를 낳는다는 것을 말입니다. 돌고래는 사람과 같은 포유류이기에 그런 것입니다. 그 후에도 조련사의 설명은 계속 이어졌습니다.

"바다에서 생활하던 엄마 돌고래와 아빠 돌고래가 이곳에 와서 결혼을 합니다. 많은 분께서 생각하기에 바다에서 생포한 돌고래만 이곳에 있는 것으로 아시는데 실제로는 이렇게 동물원의 엄마 아빠 사이에서 태어나는 돌고래도 많이 있습니다. 그 돌고래 중 한 마리가 바로 지금 여러분이 보시는 아기 돌고래 아토입니다. 아토, 인사해야지. 멋진 점프로 인사하자. 아토 점프."

순간 아토는 말 잘 듣는 아이처럼 공중으로 올라 링을 향해 점프했습니다. 반짝이는 몸을 하늘로 솟구치더니 둥그런 링을 멋지게 통과한 후 다시 물속으로 빨려 들어가는 모든 장면이 마치 꿈속의 그것처럼 종안이에게는 신비, 그 자체였습니다. 사람들의 환호와 박수 소리가 다시 큰 공연장을 가득 채웠습니다.

그렇게 1시간에 걸친 공연이 모두 끝났습니다. 종안이는 어서 빨리 돌고래를 만나고 싶어 아빠의 손을 잡아끌며 공연장 맨 아래 수조 앞으로 내려갔습니다. 그러자 기다리고 있던 또 다른 남자 조련사가 관람석과 공연장을 잇는 다리의 문고리를 풀어 주었습니다. 종안이는 성큼 공연장 안으로 달려갔습니다. 그 뒤를 따라 함께 다리를 건너던 아빠가 남자 조련사를 보며 가볍게 목례를 했습니다.

"정말 고맙습니다. 아이에게 좋은 기회를 주셔서 진심으로 고맙습니다."

"어! 혹시 오진수 병장님 아니세요?"

고맙다는 인사를 건네는 아빠에게 조련사가 뜻밖의 인사를 했습니다.

"그러고 보니…. 이호준 상병. 아이, 반가워. 이게 얼마 만

인가?"

알고 보니 조련사와 아빠는 같은 부대에서 함께 군 복무를 했던 사이였습니다. 아빠가 상병일 때 신병으로 자대 배치 온 조련사를 만났다고 하니 근 10여 년 만에 다시 만난 것이라고 합니다.

"정말 반갑습니다. 오 병장님. 그때 전역하시고 한번 연락 드리고 싶어 찾아봤는데 연락할 길이 있어야지요. 그런 분을 이렇게 다시 만나다니…."

"그러게. 나도 자네가 유난히 생각나던데. 살다 보니 이렇게 다시 만나게 되는군."

"그럼 이 아이가 오 병장님 딸인가요?"

"응. 맞아. 내 딸이야. 아이가 태어나 처음으로 오늘 동물원을 와 봤는데 이렇게 좋은 기회를 얻었네. 이제 보니 다자네를 만나기 위한 일이었구먼. 이런 우연이 다 있다니 정말 신기하네. 하하하."

반갑게 만난 두 분이 그러거나 말거나 종안이의 눈은 오직 돌고래만 볼 뿐이었습니다. 멀리서 볼 때 반짝이던 돌고래가 바로 눈앞에서 연신 꼬리와 등지느러미를 움직이며 헤엄치는 모습은 환상적이었습니다. 은빛 가루가 떨어져 부서진 듯 반짝이는 등이 너무나 예뻤기 때문입니다. 그런데 그때였습니다.

"너무 아파."

종안의 귀에 분명 누군가의 목소리가 들렸습니다. 아주 가늘고 작은 소리였지만 그것은 분명 누군가의 목소리였습니다. 종안은 주변을 둘러 봤습니다. 하지만 보이는 사람은 조련사 아저씨와 아빠뿐이었습니다. '이상하다? 어디서 나는 소리지?' 하며 마음속으로 갸우뚱하던 그때, 조련사 아저씨가 종안이에게 다가왔습니다.

"네 이름이 종안이구나. 반갑다. 종안아. 너희 아빠와 아저씨가 잘 아는 사이였는데 네 덕분에 다시 만날 수 있게 되었구나. 고맙다."

조련사 아저씨는 종안이의 머리를 쓰다듬으며 환하게 웃었습니다.

"자. 그럼 약속대로 아토하고 기념사진을 찍어야지. 먼저 아토를 불러줄게."

아저씨는 목에 걸고 있던 호루라기를 입에 대고 '삐이익' 소리를 냈습니다. 그러자 헤엄치며 오가던 돌고래 중 한 마리가 종안이 쪽으로 다가왔습니다. 아토였습니다. 종안이는 함박웃음을 지으면서도 막상 가까이 다가온 아토가 두려웠습니다. 그래서 멈칫 뒤로 물러서자 조련사 아저씨가 빙그레 웃었습니다.

"괜찮아. 무서워하지 않아도 돼. 아토는 우리 동물원에서 가장 순한 돌고래거든. 얼마나 착한데…."

가까이서 본 아토는 정말 착한 눈망울을 가진 예쁜 돌고
래였습니다.

6

잠시 후, 종안이와 아토의 기념 촬영이 끝났습니다. 조련사는 공연장 무대 위로 아토가 올라올 수 있도록 한 후 종안이가 아토 등 위에 손을 얹는 포즈를 취하도록 하고 사진을 찍어주었습니다. 종안이가 만져본 아토의 체온은 차가우면서 예상처럼 매끈했습니다. 반짝이는 몸만큼 건강한 아토가 그대로 느껴지는 것 같았습니다. 심장병을 가지고 태어나 단 한 번도 맘껏 뛰어본 적이 없는 종안이에게는 그런 아토가 너무나 부러웠습니다. 마음 같아서는 아토를 꼭 끌어안고 싶었지만 그저 가볍게 손으로 아토의 등을 쓸어 주었습니다.

"잠깐만. 아저씨가 우리 종안이에게 줄 선물을 가져올게. 사무실 갔다 올 동안 잠깐만 여기서 기다려."

조련사 아저씨의 말이었습니다. 아빠는 그런 조련사 아저씨에게 화장실이 어딘지 묻더니 함께 공연장 뒤편 사무실로 사라졌습니다. 그때였습니다. 다시 또 어디선가 좀 전에 들었던 목소리가 들렸습니다.

"안녕. 네 이름이 종안이니?"

"누구야?"

또다시 들려온 좀 전의 목소리에 깜짝 놀란 종안이 주변을 둘러봤습니다. 그럴 수밖에요. 공연장에는 아무도 없이 종안이만 홀로 있었는데 목소리가 들리니 더욱 놀란 것입니다. 그때였습니다. 좀 전에 무대 위에 올라왔던 아토가 물속에서 고개를 쑥 내밀며 "나야. 아토"라며 말을 하는 것 아닌가요. 깜짝 놀란 종안이가 그 자리에 풀썩 주저앉았습니다.

"뭐. 아토?"

"어. 그래. 미안해, 놀랬구나. 놀라게 하려고 한 것은 아닌
데…. 사실은 나도 놀랐어. 내 말을 네가 알아듣다니."

이럴 수가. 정말 돌고래 아토가 말을 하는 것이었습니다.
믿을 수 없는 일이지만 그것은 사실이었습니다. 돌고래가
말을 하다니. 그리고 그 말을 종안이가 알아듣다니. 너무도
신기한 일이었습니다. 너무도 놀랍고 당황스러워 무슨 말을
해야 할지 당황스러운 그때, 좀 전에 공연장 뒤편으로 사라
졌던 조련사와 아빠가 돌아오는 소리가 들렸습니다. 종안이
는 냉큼 아빠에게 달려가 손을 잡아끌며 다급하게 말을 이
어갔습니다.

"아빠. 이리 빨리 와 보세요. 돌고래가 말을 해요. 돌고래
가…."

하지만 종안이가 아빠를 끌고 고개를 돌렸을 때는 이미
그곳에 아토가 없었습니다. 어느새 수조 안으로 사라진 것

입니다.

"뭐라고? 종안아. 무슨 소리야? 돌고래가 무슨 말을 한다고."

아빠가 빙긋 웃으며 말을 받았습니다.

"정말이에요. 아토가 나에게 안녕이라고 하면서 내 이름도 불렀다니까요."

"오 병장님. 종안이가 참 해맑은 것 같네요. 그래. 돌고래도 말을 하긴 하지. 그런데 그걸 알아듣다니 정말 너 대단하구나. 종안인 나중에 커서 아저씨처럼 돌고래 조련사 하면 딱 좋겠다. 하하하."

조련사 아저씨는 종안이의 말을 믿지 않았습니다. 아빠역시 그런 종안이를 귀엽게 바라볼 뿐이었습니다.

"이봐. 호준이. 이젠 군대도 아니니 그 호칭보다는 그냥

형이라고 하는 게 어떨까? 그리고 오늘 정말 고마웠네. 덕분에 아이와 나에게 좋은 추억이 하나 생겼어. 나중에 보답으로 술 한 잔 살게."

"그럴까요? 형님. 오늘 정말 반가웠습니다. 좀 전에 드린 명함에 제 전화번호가 있으니 일간 전화 한번 주세요. 드릴 이야기가 아주 많습니다."

조련사 아저씨와 아빠는 좀 전에 종안이가 한 말은 이미 까맣게 잊어버린 모양입니다. 그저 자기들끼리 인사하는 것만 바빴습니다.

"진짠데…."

종안이는 물속으로 사라진 아토를 보기 위해 다시 고개를 돌렸습니다. 하지만 아토는 어디론가 사라졌고 종안이의 가슴에는 궁금함만 더욱 커질 뿐이었습니다. 그렇게 종안이의 첫 번째 동물원 구경은 끝이 나고 하루의 해가 저물어가고 있었습니다.

7

"아빠. 진짜라니까요. 거짓말 같지만 진짜라고요!"

돌아오는 길 내내 종안이는 아빠에게 그동안 있었던 일을
열심히 설명했습니다. 처음엔 누군가가 "너무 아파"라고 하
는 소리를 들었고 그다음에 아토가 자기 눈을 보며 "안녕"
이라고 말한 것까지. 하지만 아빠는 웃기만 할 뿐 도통 믿어
주지를 않는 기색이 역력했습니다.

"우리 종안이 정말 대단하구나. 알았다. 아토 보러 앞으로
자주 동물원 오자. 그럼 다음에는 아토에게 아빠도 인사 좀
시켜줘. 하하하."

뾰로퉁해진 종안이는 이내 등을 돌리고 차창 밖을 봅니다. 자기 말을 전혀 믿어주지 않는 아빠에게 화가 난 것입니다. 그런 종안이의 모습 역시 아빠에게는 그저 귀여운 딸의 모습입니다. 그러면서 아빠는 어느 한 장면을 떠올리며 이내 얼굴이 어두워집니다. 종안이의 심장병 정기검진을 받기 위해 지난주 병원을 찾았을 때의 일입니다.

"이미 말씀드린 것처럼 종안이 심장 기능이 더 이상 좋아지지 않네요. 의학적으로 할 수 있는 모든 조치는 다 하고 있지만 얼마나 더 버틸 수 있을지 저희도 자신이 없어요. 결국은 심장 이식 외에는 달리 방법이 없는데….."

지난 10년간 종안이와 함께 병원에 오면 늘 의사에게 들어야 했던 말이었습니다. 그런데 오늘 듣게 된 말은 다른 날과 그 강도가 달랐습니다. 불안감이 더 엄습하는 이유였습니다. 아빠의 입이 쉽사리 떨어지지 않았습니다. 그러자 의사가 다시 말을 이었습니다.

"아시는 것처럼 심장 이식 수술을 하려면 기증자가 있어야 합니다. 문제는 일반적으로 우리나라에서 심장을 기증받는 것도 어려운 일이지만 특히 어린이 심장을 기증받는 것은 더 어려운 일입니다. 설령 뇌사 판정을 받은 아이가 있다 해도 그 부모가 심장 이식에 동의하는 경우가 우리나라에서는 거의 없거든요. 여하간 저희가 할 수 있는 건 끝까지 다 해보겠습니다."

의사의 말 한마디 한마디는 아빠에게 있어 '절망의 화살' 그 자체였습니다. 그랬습니다. 종안이의 건강 상태는 매우 좋지 않았습니다. 종안이는 선천성 심장병을 앓고 있었습니다. 엄마가 심장병으로 목숨을 잃었는데 불행하게도 그 병이 종안이의 몸 안에 남은 것입니다. 태어날 때부터 가진 유전적인 선천성 심장병은 우리나라에서 약 8%에 이른다고 합니다. 불행하게도 종안이가 그런 유전적 심장병을 가진 아이인 것입니다.

아내를 잃고 그다음에 찾아온 딸의 비극 앞에 아빠는 크게 좌절했습니다. 엄마의 건강 때문에 낙태를 권유하던 의사의 말 때문이었습니다. 그때 의사는 엄마의 병인 심장병이 딸에게 유전될 확률은 매우 낮다며 크게 걱정하지 말라고 했습니다. 하지만 불행은 빗겨 가지 않았습니다. 심장병은 종안의 가슴을 옥죄었고 결국은 숨이 차서 태어나 제대로 뛰어본 적도 없는 불행으로 이어진 것입니다.

사실 오늘 종안이와 함께 동물원을 오게 된 이유도 이것 때문이었습니다. 더 이상 먹고사는 문제로 종안이와 함께할 시간도 내지 않는 것이 무슨 의미가 있나 싶었습니다. 종안이를 위해서라면 무엇이든 다 하겠다는 것이 아빠의 마음입니다. 그래서 심장 수술을 받을 방법도 찾아보고 또 종안이가 그동안 바라던 일들도 하나하나 같이하고 싶었던 아빠는 그동안 해 온 활어차 운송 업무도 그만두기로 했습니다.

그런 점에서 오늘 동물원을 다녀온 것은 참 잘한 일이 된 것 같습니다. 처음엔 동물원을 안전하게 잘 다녀올 수 있을까 걱정도 했는데 이처럼 종안이가 즐거워하는 모습을 보니 다시 한번 잘한 일 같아 아빠는 내심 행복한 마음이었습니다.

"아빠. 노래 불러줘요. 저 잘래요."

아빠의 생각을 깬 것은 종안이였습니다. 하루 종일 종종거리며 뛰어다닌 동물원 구경에 지쳤는지 종안이의 눈에는 졸음이 가득했습니다.

"그래. 알았어. 아빠가 노래 불러 줄게."

"아빠가 섬 그늘에 굴 따러 가면 아기가 혼자 남아 집을 보다가 바다가 불러주는 자장노래에 팔 베고 스르르르 잠이 듭니다…."

어느덧 잠들어버린 종안이를 바라보며 아빠는 혼자 울었습니다. 자신의 힘만으로 어찌할 수 없는 불행 앞에서 아빠는 눈물이 났습니다. 아무것도 해줄 수 없는 자신의 무능이 딸 종안이에게 미안했기 때문입니다. 그 순간이었습니다. 불현듯 아내의 마지막 모습이 떠올랐습니다. 아내가 떠나가던 그날 밤의 일이었습니다.

8

"선배. 미안해요. 아무래도…. 안될 것 같아."

"뭐가…. 왜…. 안 돼. 힘을 내. 가면 안 돼."

눈을 감고 힘겹게 말하는 수진을 끌어안고 진수는 울부짖었습니다. 종안이 태어나고 3일째 되던 날 밤, 내내 혼수상태에 빠져있던 수진의 의식이 돌아왔다는 간호사의 연락을 받고 들어간 중환자실에서의 첫마디였습니다. 수진이가 깨어났다는 말에 제일 먼저 병실로 들어가고 싶었지만 무슨일인지 수진이가 가장 먼저 찾은 사람이 있었습니다. 엄마였습니다. 아마도 자기가 아이를 낳고 보니 엄마에 대한 마음이 더 애틋해져서 엄마를 찾았나 싶었습니다. 순간 진수는 섭섭한 마음이 들었습니다. 자기는 그렇게 애가 타서 기다렸는데 막상 마지막 순간엔 자기가 두 번째라고 생각하니 그랬던 것입니다.

이제나저제나 장모와 아내의 면회가 끝나기를 기다리고 있는데 잠시 후 진수에게 들어오라는 안내가 전해졌습니다. 의식이 돌아왔다는 반가운 소식에 한걸음에 들어선 중환자실. 하지만 간절히 기도하며 다가선 진수에게 수진의 첫 마디는 너무나 큰 충격이었습니다.

"선배. 미안해. 정말 미안해. 선배 말을 들었어야 했는데. 그랬으면 괜찮았을까?…."

힘겹게 말을 이어가는 수진의 입술이 유난히 파랗게 보였습니다. 진수는 다가오는 불행의 그늘을 외면하고 싶었습니다. 왈칵 다가오는 두려움을 애써 떨구며 진수는 수진의 손을 살포시 잡았습니다.

"아냐. 괜찮아. 괜찮을 거야. 수진아. 이제 일어날 수 있어.
그렇죠? 선생님. 아니죠? 괜찮은 거죠? 우리 수진이 일어날
수 있는 거죠?"

진수는 곁에 서서 묵묵히 바라만 보고 있는 담당 의사에
게 간절하게 물었습니다. 하지만 돌아오는 답은 없었습니다.
그렇게 잠시 침묵이 지나가던 순간, 다시 수진의 가냘픈 목
소리가 들렸습니다.

"하지만 후회는 안 해…. 선배에게는 미안한데 그래도 난
엄마잖아…. 아이가 있어서 괜찮아."

"아냐. 다 괜찮아질 거야. 종안이…. 우리 아기 이름, 종안
이로 지었잖아. 기억하지? 수진아. 종안이도 괜찮고…. 이제
너만 괜찮으면 돼. 다 좋아질 거야. 응?"

"그래. 종안이…. 우리 종안이…. 우리… 종안…."

그 순간이었습니다. 수진의 손이 침대 아래로 떨어졌습니

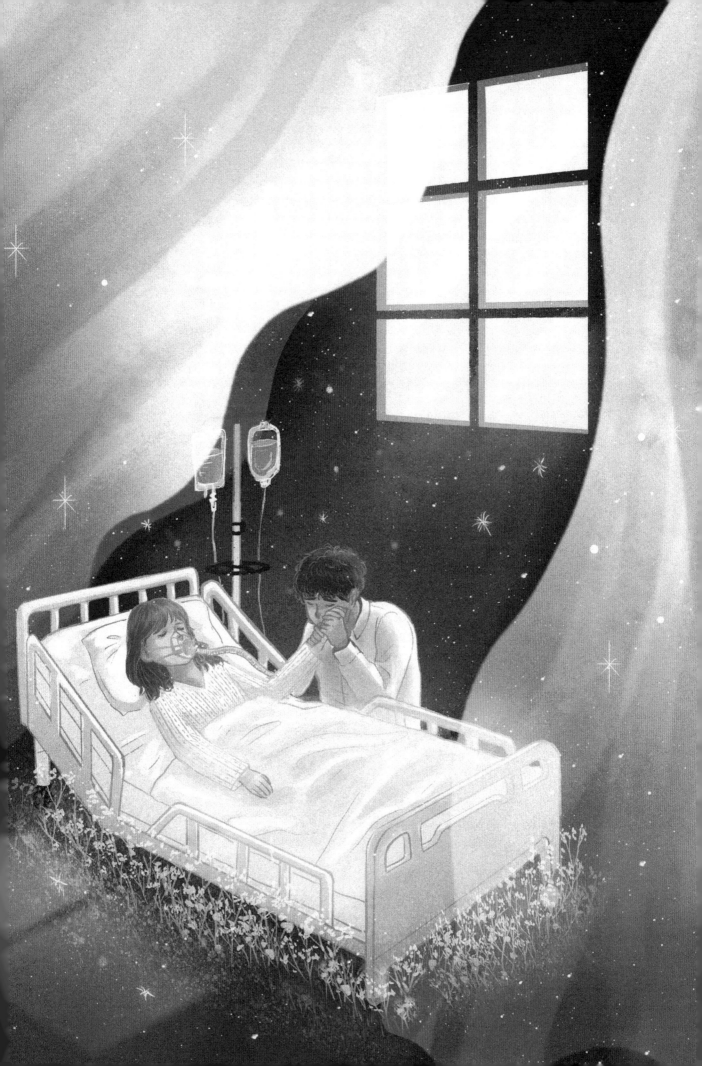

다. 거짓말처럼 그렇게 수진이가 떠난 것입니다. 진수는 아무 말도 할 수 없었습니다. 모든 것이 순간 정지한 것 같았습니다. 시간도, 공기도, 모든 것도. 진수는 수진을 끌어안고 한동안 가만히 있었습니다. 얼마나 지났을까. 아주 짧은 시간이었지만 너무도 오랜 시간이 지난 것처럼 느껴지던 그때, 진수의 어깨가 조금씩 들썩이기 시작했습니다. 끌어안고 있던 수진의 가슴에 얼굴을 묻고 진수는 그렇게 울었습니다.

"그래. 수진아. 종안이 내가 잘 키울게. 너 없는 자리까지 내가 잘 보듬어주고 지켜줄게. 그러니까 너 먼저 가 있어. 잊지 않고 다시 널 만나는 날까지 나도 열심히 살 테니까. 이젠 아프지 않은 곳에서 잘 지내. 알았지…."

화장장에서 화구로 들어가는 수진을 바라보며 진수는 눈물로 약속했습니다. 종안이를 잘 키우겠다고, 엄마가 목숨으로 지켜준 아이를 이젠 아빠인 내가 잘 지켜주겠다고 마음속으로 약속했습니다. 하지만 진수는 결과적으로 그 약속을 지키지 못한 것 같아 미안했습니다. 자신이 한없이 무능하고 한심했습니다. 아내 수진에 이어 딸 종안이 마저 온전히

지킬 수 없는 자신이 너무나 미웠습니다.

　엄마의 지병인 심장병이 종안이에게 남았다는 것을 처음 아빠가 알게 된 것은 돌이 지나가고 얼마 후의 일이었습니다. 보는 사람마다 아직 걸음마를 하지 못하는 종안이를 보며 자꾸만 이상하다고 말했습니다. 처음엔 좀 늦나보다 했는데 주위 사람들이 자꾸 이야기하니 마음에 걸렸던 아빠는 찾아간 병원에서 절망했습니다.

　'유전적 선천성 심장병'.

　걸음마를 좀 늦게 하는 것 외에는 별다른 이상도 없었고 병치레도 거의 하지 않아 종안이가 건강한 줄만 알았는데 사실은 종안이의 조그마한 심장이 제 기능을 다 하지 못한다는 것입니다. 그야말로 끔찍한 일이었습니다.

　그 후 10년이 지났습니다. 그간 종안이의 병을 치료하기 위해 진수는 할 수 있는 모든 방법을 다 했습니다. 심장질환과 관련하여 내로라하는 전문 병원은 다 다닌 것 같습니다.

민간에서 좋다는 이러저러한 약과 음식을 수소문하여 구해 먹여보기도 했습니다. 활어 배송업을 직업으로 삼은 것도 바로 이 때문이었습니다. 밤새 서울과 속초를 오가는 수조차 업무를 마치고 나면 피곤하기는 하지만 낮에 상대적으로 여유가 있었기 때문입니다.

그렇게 10년간 쉬어야 할 시간조차 쪼개가며 종안이 병을 극복하기 위해 몸부림쳤는데, 운명의 시간은 가혹했습니다. 그것이 약 효과 때문이었는지, 아니면 아빠의 지극한 노력 덕분이었는지 종안의 건강이 점점 좋아진다고 믿고 있던 때였습니다. 갑자기 종안이가 쓰러진 것입니다. 몸 상태가 괜찮아졌다고 생각하여 방심한 것이 결국 화근이 된 것입니다. 자기도 또래 아이들처럼 학교에 다니고 싶다며 떼를 쓰는 종안이의 매달림에 그만 등교를 허락한 것이 불행한 결과로 이어진 것입니다.

체육 시간에 일어난 일입니다. 종안이가 자기도 할 수 있다며 달리기 수업을 고집했다고 합니다. 선생님도 처음엔 안 된다고 했지만 한 번만 달릴 수 있게 해달라며 조르는 종안이의 말에 난감해하던 순간, 같은 반 아이들도 종안이 소원을 들어달라며 떼로 선생님을 졸랐다고 합니다. 늘 혼자 있었고, 그래서 친구들과 함께 달려볼 기회가 없었던 종안이는 그렇게라도 한번 달려보는 것이 꿈이었다고 이후 아빠에게 털어놓았습니다. 처음엔 왜 그랬냐며 화를 냈던 아빠도 그 말을 듣고는 더 이상 아무 말도 할 수 없었습니다. 그 작은, 어쩌면 평범한 아이라면 아무것도 아닌 그런 일 하나조차도 꿈이라고 말해야 하는 종안이에게 아빠는 화를 낼 수 없었던 것입니다.

"그래. 종안아. 아빠가 달릴 수 있게 해줄게. 미안해. 아빠가 화내서…."

운동장에서 달리던 중 의식을 잃고 쓰러진 종안이는 이틀 만에 병원에서 깨어났습니다. 그렇게 의식을 회복한 종안이가 울고 있으니 아빠의 마음은 어떠했을까요. 종안이가 보이지 않게 또 울었습니다. 이 어린 딸에게 아빠가 해 줄 수 있는 일이 없으니 그저 바보같이 울 수밖에 없었던 것입니다.

"이제 안 돼요⋯. 할 수 있는 건 다 했습니다. 아이가 워낙 체력도 좋지 못하고 전반적인 기능도 약해져서 더 강한 약을 쓰는 것도 무리입니다. 미안합니다. 병원에서 의학적으로 할 수 있는 일이 없어요. 만약 다시 심장의 무리로 쇼크가 와서 쓰러진다면 그땐 장담하기 어려운 상황이 올 수 있어요. 그러니 일단 아이를⋯."

"선생님. 그럼 저는 어쩌란 말입니까? 살려주세요. 제발 살려주세요."

진수가 갑자기 무릎을 꿇고 의사 앞에 앉았습니다.

"아니, 아버님 이러시면 전 어찌합니까? 일어나서 의자에 앉으세요. 이러시면 제가⋯. 죄송합니다."

간호사와 의사가 달려들어 진수를 끌어당기며 일으켰습니다. 그 끌림에 이끌려 다시 의자에 앉은 진수의 얼굴은 이미 눈물범벅이 되어 있었습니다. 바보같이, 그저 바보같이 우는 것 외에는 달리할 수 없는 자신의 처지가 한심스러웠지만 상처받은 짐승처럼 진수는 오직 의사에게 매달릴 수밖에 없었습니다.

"저희도 마지막까지 최선은 다하겠습니다. 마지막까지 심장 기증자를 찾고자 노력하고 있어요. 물론 아이에게 이식할 수 있는 심장을 찾을지는 자신할 수 없지만…. 저희가 드릴 수 있는 이야기가 이것밖에 없네요. 죄송합니다."

기억에서 돌아온 진수는 잠든 종안이의 얼굴을 바라봤습니다. 자장가를 듣던 종안이가 어느덧 잠이 든 것입니다. 이 작은 평화가 계속될 수 없을까. 이렇게 아무 일 없다는 듯 내 곁에서 딸로, 아빠로 그냥 살면 안 되나. 진수는 다시금 애가 탔습니다. 정말이지 누구에게라도 매달려 이 불행을 멈춰달라고 애원하고 싶습니다.

돌아보면 아주 짧은 기간이었지만 종안이도 어린이집을 다닌 적이 있었습니다. 아빠가 일하는 상황에서 종안이의 양육을 고민하고 있을 때 고맙게도 나서준 사람이 있었습니다. 바로 종안이의 고모였습니다. 고모는 죽은 아내인 수진의 친구이자, 진수의 여동생입니다. 그런데 그 고모가 결혼하게 되어 신혼여행을 가야 하니 짧은 며칠 동안 종안이를 맡길 곳이 필요하여 고심 끝에 찾아낸 것이 어린이집 종일 보육이었습니다. 바로 그때 어린이집에서 배워온 노래가 '섬 집 아기'였습니다. 어린이집에서 낮잠을 잘 때 어린이집 선생님이 불러줬다는 그 노래를 종안이는 참 좋아했습니다.

종안이는 이후 잠을 잘 때마다 늘 이 노래를 불러 달라고 했습니다. 그런데 참 이상한 일은 이 노래를 꼭 아빠에게만 불러달라고 합니다. 고모가 이 노래를 부르면 오히려 화를 내며 고모는 그 노래 부르지 말라고 했습니다. 왜 그럴까 이상했지만 종안이는 한 번도 말하지 않았습니다. 사람들은 종안이의 투정이 귀엽다고 생각할 뿐 진짜 이유에 대해서는 궁금해하지 않았습니다.

그런 종안이가 오늘도 아빠에게 자장가인 '섬 집 아기'를 불러달라고 한 후 그 노래를 들으며 잠이 들었습니다. 아빠는 잠든 종안이의 뺨을 한 손으로 쓰다듬었습니다. 이 작고 여린 아이가 겪고 있는 고통이 너무도 미안했기 때문입니

다. 그렇게 동물원 나들이를 마치고 집으로 돌아가는 길은
어느덧 어둠으로 가득 차 있었습니다.

9

"아빠. 한 번만. 한 번만 더. 네? 가고 싶어요. 동물원. 꼭 한 번만요."

"글쎄 안된다니까. 지난번 동물원 다녀온 후에 너 어떻게 됐는지 잊었니? 몸이 아파서 결국 밤에 병원 응급실 갔었잖아. 너무 무리야. 그러니까 조금 더 몸이 좋아지면 그때 가자."

종안이가 떼를 씁니다. 동물원을 다녀오고 일주일이 지났는데 다시 또 동물원을 가고 싶다는 것입니다. 하지만 그날 밤의 일을 생각하면 아빠에게는 절대로 안 될 일입니다. 차 안에서 잠이 든 종안이를 살포시 들어 집으로 들어온 후였습니다.

새벽 12시가 다 된 시각에 이상한 소리가 들려 잠에서 깨어 보니 종안이의 온몸이 불덩어리처럼 열을 내고 있었습니다. 정신없이 병원으로 데려가 응급실에 입원시킨 후 보내야 했던 그 후 이틀의 시간은 아빠에게 있어 그야말로 악몽보다 더 무서운 순간이 아닐 수 없었습니다. 다행히 열이 잡혀 5일 만에 퇴원할 수는 있었지만 그날 아빠는 의사 선생님에게 엄청난 야단을 맞아야 했습니다. 아픈 아이를 데리고 하루 종일 동물원에서 놀게 했다며 다시는 그러지 말아야 한다고 의사 선생님은 화를 냈습니다. 종안이에게는 무리였던 것입니다. 종안이가 아픈 것이 자기 때문이라며 아빠는 그렇게 자책했습니다.

그런데 그 동물원을 또 가자는 겁니다. 당연히 안 되는 일이었습니다. 하지만 종안이 역시 순순히 물러날 아이가 아니었습니다.

"아빠. 그럼 다른 곳은 안 보고 아토만 볼게요. 돌고래 공연장에 갔다가 그냥 돌아올게요. 네? 한 번만, 딱 한 번만 가요. 아빠."

속수무책. 저렇게까지 간절한 눈빛을 가진 종안이를 누가 이길 수 있을까요. 결국, 아빠는 종안이의 눈빛에 지고 맙니다.

"좋아. 그럼 돌고래 공연장에 가서 약속대로 돌고래만 잠깐 보고 오는 거야. 다른 곳은 안 되고. 아…. 또 한 가지, 약속할 게 있어."

"네. 뭔데요? 아빠."

동물원에 가겠다는 아빠의 말에 신이 난 종안이가 냉큼 아빠에게 달려들며 물었습니다.

"절대 뛰지 않기. 어떤 경우에도 뛰면 안 돼. 약속하는 거지?"

"네!"

종안이의 답이 쾌활했습니다.

10

"호준이. 나야. 그동안 잘 있었지?"

아빠는 그때 돌고래 공연장에서 우연히 만나게 된 군대 후배, 조련사 호준에게 연락했습니다.

"응. 다른 게 아니고 내가 좀 부탁할 일이 생겨서 말이야. 우리 딸 있잖아. 지난번에 본 아이."

아빠는 조련사 호준에게 종안이가 앓고 있는 병에 관해 이야기했습니다. 그리고 지금까지 종안이가 지내온 시간과 또 그날 처음 동물원을 가서 얼마나 좋아했는지에 대해서도 전했습니다.

"그래서 말인데, 미안하지만 우리 아이가 거기서 일종의
체험 같은 걸 할 기회가 없을까. 아이가 그간 많이 아프다
보니 다른 아이들처럼 여러 경험을 해볼 일이 없었거든. 부
탁이 좀…. 그런가?"

다행히 조련사 호준의 반응은 긍정적이었습니다.

"그래요? 잘 되었네요. 그렇지 않아도 다음 주에 공연장
무대의 바닥 청소를 하려고 했는데 종안이가 쉬는 날에 도
와주면 저도 좋죠. 하하. 형님. 그 정도는 제가 해 드릴 수 있
을 것 같으니 너무 부담 갖지 마시고 한번 오세요. 혹시 다
음 주 월요일은 어떠세요? 그날 우리 동물원이 일요일 근무
하고 하루 휴장하는 날인데 마침 제가 그날 당직이거든요.
그러니 종안이랑 12시쯤 천천히 오세요. 같이 점심 드시고
저희 청소도 좀 도와주시죠. 뭐."

그렇게 해서 방문하게 된 약속 당일. 처음 이 사실을 아빠

에게 전해 들은 후 종안이에게 하루하루는 그야말로 길고 긴 시간이었습니다. 그만큼 간절한 나날이 없었습니다. 아무도 없는 동물원의 마당을 지나 돌고래 공연장까지 찾아가는 길은 왜 그렇게 길고도 멀었을까요. 종안은 아빠와의 약속 때문에 뛸 수는 없는데 이미 마음은 자꾸만 빨라집니다. 아빠는 그런 종안에게 자꾸만 손짓했습니다. 천천히 가라는 의미였습니다.

그렇게 한참을 걸어 드디어 도착한 돌고래 공연장. 기다리고 있던 조련사 호준이 미리 문 앞에 나와서 반갑게 맞이합니다.

"형님. 어서 오세요. 안녕. 종안이. 잘 지냈니? 많이 아팠다며?"

"네. 안녕하세요. 아저씨. 고맙습니다."

호준은 빙긋 웃으며 종안의 머리를 쓰다듬어 주었습니다.

"그래 종안아. 오히려 아저씨가 고맙지. 이렇게 동물을 사랑하고 또 아저씨 일도 도와준다고 하니 내가 더 고마운데?"

잠시 후, 일행은 호준이 준비한 도시락으로 점심을 나눠 먹은 후 청소를 진행하기로 했습니다. 종안은 호준 아저씨가 준비한 도시락을 열심히 먹었습니다. 호준은 그런 종안을 보며 "배가 많이 고팠나 보네" 하며 말했지만 사실은 그게 아니었습니다. 이 밥을 빨리 먹어야 어서 청소할 수 있고 그래야 아토를 볼 수 있다는 생각 때문에 일부러 빨리 먹은 것입니다.

그런 종안의 생각을 어른들은 왜 이해 못 하는지 답답했습니다. 종안이는 이미 밥을 다 먹었는데도 아빠와 아저씨는 계속 이런저런 말을 한다며 여전히 식사 중인 게 아닌가요. 밥을 괜히 빨리 먹었다며 속으로 투덜거리고 있던 그때, 다행히 아빠와 호준 아저씨도 식사가 끝났습니다. 온통 군대에서 있었던 어떤 사건과 사람들, 그리고 추억을 가지고 이야기하며 웃고 울으며 신나던 어른들의 대화는 종안에게 있어 그저 지루한 시간일 뿐이었습니다.

"자. 종안아. 그럼 이제 공연장으로 가볼까?"

마침내 그토록 기대했던 아토와 만남의 순간입니다. 그날 처음이자 마지막으로 봤던 아토, 그리고 마지막 순간에 있었던 누군가의 목소리에 깜짝 놀랐던 기억이 떠오르며 종안의 가슴은 이내 가벼운 흥분으로 두방망이질하기 시작했습니다.

11

관람객이 아무도 없는 돌고래 공연장은 생각보다도 컸습니다. 아무도 없는 객석은 조용하다 못해 괴이한 느낌이 들 정도로 휑한 느낌이었습니다. 환호와 박수 소리가 가득했던 그 날 기억과는 또 달라 종안은 순간 아빠의 다리 쪽으로 바싹 붙었습니다.

"왜? 종안아. 무섭니?"

그런 미묘한 종안의 마음을 느낀 것일까. 조련사 호준이 웃으며 물었습니다.

“아니요. 뭐…. 괜찮아요.”

자신의 속마음을 들킨 것 같아 순간 무안해진 종안이 뾰로통하게 대꾸했습니다. 그러자 아빠와 조련사 호준이 동시에 웃었습니다.

“하긴 종안이에게는 낯선 곳이니 그렇겠지. 그럼 일단 지난번에 본 아토를 여기로 불러줄게. 이런 경우는 없었지만 종안이가 아토를 보고 싶다고 하니 아저씨가 특별히 기회를 주는 거야. 그러니 많이 보도록 해. 그러면서 여기 공연장 바닥도 이 솔로 좀 닦아주고. 어때? 할 수 있겠니?”

“네!”

신이 난 종안의 목소리가 순간 커졌습니다.

“그래? 그럼 어디 청소를 잘하나 한번 기대해 볼까?”

그리고 잠시 후 빠르고 힘찬 물살을 헤치며 아토가 공연장으로 들어오는 모습이 보였습니다. 공연장 뒤편의 내실 수조에 있던 아토를 공연장 수조로 보낸 것입니다. 아토를 본 종안이의 눈이 순식간에 휘둥그레졌습니다.

"정말 아토다!"

"그래 종안아. 아토 맞아. 그럼 일단 아토를 좀 보고 있어. 아저씨는 사무실에 뭘 좀 가지고 올게. 형님도 여기 계실 거죠?"

"아냐. 나는 화장실 좀 다녀와야겠네."

"그러세요? 같이 가시죠. 지난번에 알려드린 위치 기억하시죠? 그럼 종안아. 잠깐만 있어. 아저씨가 금방 가져올게."

마침내 혼자가 되었습니다. 종안이는 두근거리는 흥분을 느꼈습니다. 이 순간을 얼마나 기다렸던가. 그때였습니다. 어른들이 사라지는 모습을 지켜보던 종안의 눈에 아토가 있는 것 아닌가요. 어느덧 종안이가 서 있던 위치 앞으로 다가

온 아토가 머리를 쑥 내민 채 빤히 종안이를 바라보고 있는 것이었습니다. 순간 종안은 당황했습니다. 그러다가 조용히 말했습니다.

"안녕."

과연 이 말을 아토가 알아들을까? 정말 그때처럼 아토가 자신의 말을 듣고 마치 앵무새처럼 또 말을 걸어 줄까. 설렘과 기대감으로, 또 한편으로는 두려움으로 종안이는 아토의 얼굴을 바라봤습니다. 하지만 아토는 아무 반응도 없었습니다. 왜 그럴까. 자기 목소리가 안 들렸나. 아니면 정말 아빠 말처럼 그날 나만의 착각이었을까. 한순간에 너무 많은 생각이 오갔습니다. 그래서 종안은 다시 좀 전보다는 약간 더 큰 소리로 또박또박 말했습니다. 마치 앵무새에게 말을 거는 것처럼 말입니다.

"안녕 아토. 지난번에 그 말, 정말 네가 말한 거니?"

그런데 그때였습니다.

"정말 내 말이 들리니? 진짜 들려? 내 목소리가?"

아토의 목소리였습니다.

12

신기한 일이었습니다. 종안이도, 그리고 아토도 서로 신기
했습니다. 어떻게 종안이의 말을, 그리고 아토의 말을 서로
알아들을 수 있는지 자기 자신도 믿을 수 없었기 때문입니
다. 하지만 분명한 사실은 서로의 말을 서로가 알아듣고 있
었다는 것입니다.

"정말 신기해. 아토 너 정말 내가 하는 말을 알아듣는 거
야?"

"그래. 원래 나는 사람들의 말을 다 알아들어. 그러니까
사람들과 함께 공연도 할 수 있는 거지. 그런데 내가 하는

말을 알아듣는 사람은 네가 처음이다. 정말 신기한 일이네. 히히."

그 순간 아토는 종안이에게 가슴지느러미를 앞으로 내밀었습니다.

"반가워 종안아. 네가 오늘 또 와줘서 고마워. 나도 그날 네가 정말 내 말을 알아들은 건가 싶어서 깜짝 놀랐거든. 그래서 꼭 한번 널 다시 보고 싶었는데 이렇게 와줘서 또 만났네."

"나도 마찬가지야. 그러고 보니 우린 마음이 통했네. 나도 그날 이후 너를 다시 보고 싶었는데 아빠가 안 된다고 해서 얼마나 힘들었는데."

종안이는 씩 웃으며 아토의 가슴지느러미를 가볍게 잡고 흔들었습니다.

"그런데 궁금한 게 있어. 그날 왜 아프다고 했어? 너 어디가 아픈 거니?"

"맞아. 그랬지. 내가 그 말을 했는데 그걸 들었구나. 너 참
대단한 아이구나."

하지만 그렇게 말하는 아토의 표정은 어두웠습니다. 이제
까지 천진난만하게 웃던 아토가 아니었습니다. 순간 종안이
는 미안했습니다.

"왜? 말하기 곤란한 일이 있는 거니?"

"아니…. 사실은 그날이 우리 엄마가 돌아가신 지 2년째
되는 날이었거든. 그래서 마음이 아프다는 뜻이었어."

"미안해…. 그런 일이 있었구나. 사실 나도 엄마가 안 계
셔. 내가 태어날 때 그만 아프셔서 돌아가셨대. 그래서 난 엄
마 얼굴을 본 적이 없어. 사진으로만 봤거든."

"너도 그랬구나. 미안해. 난 그래도 엄마의 얼굴은 봤는데…."

"아냐. 미안하긴…. 그런데 너희 엄마는 왜 돌아가셨어?"

그때였습니다. 아토가 잠시 멈칫하더니 이내 우는 표정이
아닌가요.

"나 때문이야. 내가 잘못해서 우리 엄마가 돌아가셨어."

울먹이며 말을 꺼내는 아토를 보며 종안이는 놀랐습니다.

"어…. 미안해. 아토."

"아냐. 미안해. 내가 갑자기 울어서…."

"아냐. 음…. 그런데 왜 너 때문에 엄마가 돌아가셨다고
하는 거야?"

"그러니까 그게…."

13

"덴버야 정말 축하해. 넌 이제 아빠가 되었어. 루나가 새
끼를 낳았다고. 하하."

조련사 은정이가 돌고래 덴버를 향해 큰소리로 기쁘게 외
쳤습니다. 덴버는 돌고래 루나의 남편입니다. 엄마 돌고래 루
나는 원래 태평양 먼바다에서 태어났습니다. 꿈과 호기심이
많았던 루나는 넓은 태평양을 헤엄치며 자유롭게 살았습니
다. 그런데 자유를 즐기던 돌고래 루나에게 생각지도 못한 비
극이 벌어지고 말았습니다.

그날도 루나는 가족들 모르게 슬쩍 무리에서 빠져나왔습

니다. 그러고는 이내 드넓은 태평양을 헤치며 마음껏 속도를 즐기고 있었는데 갑자기 어느 방향으로도 갈 수 없는 이상한 벽에 갇히고 만 것입니다. 그리고 그 안에 함께 있던 다른 물고기처럼 불안감으로 우왕좌왕하던 그때, 나중에서야 그것이 어선의 그물인 줄 처음 알게 되었습니다.

어부들은 돌고래가 잡혔다고 기뻐했습니다. 얼마 전 공연에 필요한 돌고래를 사겠다며 사람들이 찾아온 적이 있었는데 마침 잘 되었다고 한 것입니다. 불법이지만 돌고래를 잡아서 자신들에게 넘겨주면 한 마리당 500만 원에서 1,000만 원씩 주겠다며 그들은 명함을 주고 갔습니다. 원래 국제보호종인 남방큰돌고래는 국제포경규제협약(ICRW)에 따라 포획이 엄격하게 제한돼 있습니다. 우리나라 국토해양부역시 멸종 위기인 남방큰돌고래를 보호 대상 해양생물로 지정했고 이에 따라 영리 목적의 포획을 원천적으로 금지하고 있기 때문입니다.

하지만 공연장에서 필요한 돌고래를 외국에서 수입할 경우 최소한 3억 원 이상을 줘야 하고, 또 그렇게 구매를 했다 해도 문제가 쉽지는 않습니다. 외국에서 국내로 운송하는 과정에서 장시간 스트레스를 받은 돌고래가 사망하는 사례가 적지 않기 때문입니다. 그래서 불법이지만 어부들이 불법 포획한 돌고래를 사들여 자신들이 산 가격의 수십 배에 해당하는 1억 원 정도에 다시 판매하는 사람까지 생겨난 것입니다. 태평양 큰 바다에서 살던 엄마 돌고래 루나와 아빠 돌고래인 덴버가 동물원으로 오게 된 과정 역시 바로 이런 연유였습니다. 실제로 우연히 돌고래를 포획한 어민에게 사들인 큰 돌고래를 훈련 시켜 판매했다가 처벌받은 경우도 적지 않고, 또 이러한 불법을 감독해야 할 기관이 묵인 또는 방조한 혐의로 수사를 받는 사례도 왕왕 언론에 보도되기도 했습니다.

한편, 넓고 깊은 바다에서 갑자기 좁고 불편한 동물원의 수조로 옮겨진 루나는 처음에 밥도 먹지 않고 슬퍼했습니다. 다시 태평양으로 돌아가고 싶으나 자신의 힘으로는 되돌릴 수 없는 상황에서 루나는 매일 울기만 했습니다. 절망과 후회 속에서 시간이 흐르고 또 흘렀습니다. 하지만 시간이 약이라고 하던가요. 하루 이틀 지나면서 태평양으로 다시 돌아갈 수 없다는 현실을 자각해 가던 루나에게 힘이 되어준 친구가 있었습니다. 돌고래 덴버였습니다.

루나보다 먼저 동물원에 잡혀 와 공연을 하던 덴버가 수조에 깊이 가라앉아있던 루나에게 다가온 것입니다. 그러면서 루나의 얼굴에 가만히 자신의 얼굴을 대며 쓰다듬었습니다. 생각지도 않은 덴버의 위로에 루나는 그간 참아왔던 눈물이 왈칵 터졌습니다. 그렇게 한참을 울고 나자 루나는 살아야겠다는 생각을 하게 되었습니다. 언젠가는 다시 태평양으로 돌아가겠다며, 그러기 위해서는 지금 살아야겠다며 힘을 낸 것입니다. 덴버의 진심 어린 위로가 아니었다면 어쩌면 가능하지 않은 용기였는지 모릅니다.

덴버는 누구보다 그런 루나의 아픔을 이해하고 있었습니다. 처음 자신도 그랬기 때문에 루나의 마음을 이해할 수 있었던 것입니다. 이후 루나와 덴버는 돌고래 사육장에서 유난히 다정한 사이가 되었습니다. 때때로 좁은 그곳에서의 생활에 적응하지 못해 힘들어하는 루나에게 덴버는 여러모로 도움을 주었습니다. 그러자 동물원 측에서도 자연스럽게 루나와 덴버의 합사를 결정하게 된 것입니다. 그리고 얼마의 시간이 지났을까요. 동물원에서 기쁜 경사가 있었습니다. 루나와 덴버 사이에서 아주 예쁜 새끼 돌고래가 태어난 것입니다. 바로 그 아이가 아토였습니다.

14

아토는 태어나서 단 한 번도 동물원 수족관 밖의 세상을 본 적이 없습니다. 동물원의 돌고래 수조에서 태어난 후 내내 그곳에서만 살았기 때문입니다. 그런 아토에게 엄마 루나는 늘 미안하다는 말을 했습니다. 크고 넓은 바다를 보여줄 수 없어서 미안하다는 말이었습니다.

"엄마. 그런데 태평양 바다가 그렇게 커요? 여기보다 훨씬 더 커요?"

"그럼. 여기하고는 비교도 할 수 없을 만큼 어마어마하게 크지."

"얼마나요? 한 백 배쯤 커요?"

엄마 루나는 그 질문에 더 이상 대답하지 않았습니다. 그냥 물끄러미 아토만 바라볼 뿐이었습니다. 하지만 아토는 그때 엄마 루나의 그 표정이 무엇을 말하는 것인지 몰랐습니다. 그냥 몇 배가 더 큰지 설명하지 못하여 엄마가 그런 표정을 짓는 것인가 싶었습니다. 엄마 루나는 늘 아토에게 자신이 태어나고 자랐던 태평양 바다를 이야기했지만 사실 아토는 그 태평양 바다가 별로 궁금하지 않았습니다. 아토는 자기가 태어난 이곳이 세상 전부라고 생각했기 때문입니다. 아토 입장에서는 이곳의 생활이 힘들지 않아 더욱 그런지도 몰랐습니다. 늘 일정한 수온이 유지되고 또 때가 되면 깨끗한 물로 갈아주니 아무런 불편이 없었습니다. 그런 상황에서 보지도 못한 태평양에 대해 그 어떤 동경이 생길까요?

일정한 시간이 되면 예쁘고 착한 조련사인 은정이 누나가 맛있는 먹이도 가져다줍니다. 조련사인 은정은 유난히 아토를 귀여워했습니다. 아토가 태어난 후 처음 만난 사람도 조련사 은정이었습니다. 그렇기에 늘 자상하고 살뜰하게 자신을 보살펴주는 은정이 누나가 있고 또 엄마, 아빠가 있는 이곳이 아토에게는 더할 나위 없는 행복한 곳이었습니다. 그런데 엄마 루나는 왜 종종 태평양 바다를 이야기하면서 늘 미안하다고 하는 것인지 아토로서는 오히려 이해가 되지 않았습니다.

15

"자. 아토. 이번에 조금 더 높이 뛰어 보는 거야. 그럼 맛있는 물고기를 더 많이 줄게. 자. 호각을 불면 뛰어오르는 거야. 삑~"

오늘은 아토가 첫 공연 연습을 하는 날입니다. 태어나 처음으로 돌고래 공연에 투입되기 위해 훈련이 시작된 날. 아토는 마침내 자기도 인정받는 돌고래가 되었다는 자부심에 괜히 가슴이 울렁거렸습니다. 그동안 엄마 루나와 아빠 덴버, 그리고 다른 돌고래들이 관객들 앞에서 공연하는 것만 부럽게 지켜봐 왔던 아토에겐 그야말로 신나는 일이었습니다. '나도 저렇게 멋진 공연을 보여주며 사람들의 박수를 받고 싶다'라며 오래전부터 꿈꿔왔기 때문입니다. 그런데 마침내 그날이 온 것입니다. 그 첫 출발을 위한 훈련이 시작된 날, 아토는 힘차게 물살을 가르며 허공으로 뛰어올랐습니다.

그러나 그런 아토 뒤에서 엄마 루나는 조용히 눈물을 흘렸습니다. 그건 슬픔의 눈물이었습니다. 자기뿐만 아니라 어린 아들 아토마저 사람들의 볼거리, 웃음거리가 되었다는 것이 너무나 미안하고 슬펐기 때문입니다. 그리고 앞으로 일평생 그런 억지 공연을 해야 할 아들 아토의 처지를 생각하니 그저 모든 것이 엄마인 자기 잘못인 것 같아 루나는 하염없이 눈물만 흘릴 뿐이었습니다.

아토 나이 때 엄마 루나는 매우 호기심이 많았습니다. 그래서 그 넓은 태평양 바다도 성에 안 찬 듯 자유롭게 돌아다녔습니다. 어른들은 절대 무리에서 벗어나지 말라고 신신당부를 했지만 루나는 그런 무리 활동이 너무도 싫었습니다. 보고 싶고 가고 싶은 곳을 마음대로 헤엄치며 새로운 것들을 보고 싶었던 것입니다. 그래서 그런 어른들의 눈을 피해 슬쩍슬쩍 벗어나 마음껏 세상 구경도 하고 바닷속 이러저러한 신기한 일들을 경험하러 다니기도 했습니다. 그러다가 결국 어느 날, 어른들이 걱정했던 그 일이 벌어지고 나서야 루나는 후회했습니다.

자신이 살던 태평양에서 얼마나 더 멀리 떨어져 있는 곳인지 알 수 없는 이곳 동물원의 수족관에 갇히고서야 루나는 알았습니다. 자신이 그간 얼마나 위험한 행동을 한 것인지 말입니다. 그리고 지금은 동물원이 휴장하는 하루만 빼고 내내 관객들 앞에서 무리한 동작을 거듭하는 공연에 투입된 처지인데 이런 일을 아들 아토 마저 해야 한다니, 엄마로서의 루나 심정은 오죽할까요. 앞으로 얼마나 더 이렇게 살아야 하는지 모르고, 더구나 이 수족관을 벗어날 가능성이 전혀 없을 아들 아토를 생각하니 엄마 루나의 마음은 그저 아프고 무겁기만 했습니다.

그러던 어느 날이었습니다. 마침내 아토가 고대하던 날이 찾아온 것입니다. 그간 해온 훈련을 마치고 마침내 정식으로 돌고래 공연에 아토가 데뷔하는 날이 온 거지요. 사실 전날 조련사들끼리 하는 말을 아토가 듣게 되어 알고 있었던 사실이기도 합니다.

"내일 아토도 공연에 투입해 보면 어떨까?"

선임 조련사인 호준이가 후배 조련사인 은정에게 하는 말이었습니다.

"괜찮을까요?"

"훈련 시작한 지도 벌써 한 달이 지나가고 있는데 뭐. 훈련 내용도 나쁘지 않고 실제 공연 분위기도 익힐 겸 괜찮을 것 같은데? 일단 루나하고 덴버를 같이 투입해서 내일은 가볍게 시작해 보자고. 괜찮으면 나중에 가족 돌고래 공연 팀을 구성해도 좋고."

16

그날은 정말 많은 사람들이 공연장을 찾았습니다. 아토가 처음으로 공연에 투입된 날이었습니다. 어린이날이 있는 5월은 늘 그렇게 많은 이들이 동물원을 찾곤 합니다. 그래서 그날도 부모들이 아이의 손을 잡고 찾아와 북적이던 동물원에서 아토는 아침부터 남몰래 긴장하고 있었습니다.

"아토. 오늘 첫 공연이니까 우리 멋지게 인사하는 거야. 엄마 루나가 하는 거 잘 보고 따라 하기만 하면 돼. 알았지?"

조련사 은정이가 공연 전 아토의 검푸른 등을 쓰다듬으며 응원을 건넸습니다. 하지만 긴장되는 마음은 어쩔 수 없었습니다. 아토는 마른 침을 삼키며 큰 눈을 껌뻑거렸습니다. 그러자 엄마 루나도 아들 아토 곁으로 다가와 이야기했습니다.

"아토. 결국 이런 날이 오고야 마는구나. 정말 미안하구나."

"엄마. 저는 좋은데 왜요? 저 잘할 수 있어요. 걱정하지 마세요."

아토는 엄마 루나의 얼굴에 자신의 머리를 가볍게 기대며 말했습니다.

"공연하면서 엄마 하는 걸 잘 봐야 해. 절대 사람들 쪽 보지 말고 엄마가 어디에 있는지, 그리고 다른 돌고래들이 어떻게 움직이고 있는지 잘 봐야 안전해. 알았지?"

"네. 엄마. 걱정하지 마세요. 그렇게 할게요."

잠시 후, 웅장한 음악 소리가 들렸습니다. 그러면서 내실의 수조와 공연장 수조 사이를 가로막고 있던 철문이 동시에 열렸습니다. 아토는 엄마 루나와 아빠 덴버, 그리고 또 다른 돌고래 서너 마리의 뒤를 따라 맨 마지막으로 공연장에 입장했습니다. 그때, 그야말로 사람들로 가득 찬 공연장을 둘러보며 아토는 자신의 첫 공연 사실이 실감 나면서 절로 흥분되는 것을 참을 수 없었습니다.

이렇게 많은 사람을 보는 것 자체가 아토에게는 처음이었습니다. 또 이전에는 내실 수조에서 공연 도중 들려오는 사람들의 박수와 웃음, 환호 소리를 들었을 뿐 실제로 많은 사람들이 앉아서 환호하는 모습도 처음이었던 것입니다. 남녀노소를 가리지 않고 터지는 박수 소리, 환호 소리가 왕왕 울리고 사방에서 울리는 신나고 경쾌한 음악 소리는 그야말로 아토 입장에서 신기할 따름이었습니다. 이미 스타가 된 것처럼 아토는 내심 흥분되는 묘한 기분이 들었습니다.

"여러분. 오늘 여러분들은 아주 특별한 공연을 보게 되실 겁니다. 우리 동물원의 돌고래 중에서 아주 특별한 돌고래가 오늘 처음 공연을 선보이는데요. 바로 우리 동물원에서 태어난 새끼 돌고래가 여러분께 첫인사를 드리는 날입니다. 엄마 돌고래 루나와 아빠 돌고래 덴버 사이에서 태어난 귀여운 새끼 돌고래 아토가 함께하는 돌고래 가족 공연입니다. 여러분께 지금 소개해 드릴게요. 바로 아토입니다."

"와!! 와!!"

사람들의 환호 소리와 '짝짝' 박수 소리가 커지면서 아토는 얼떨결에 앞으로 헤엄쳐 나왔습니다. 갑작스러운 소개에 그야말로 얼이 빠질 지경이었습니다.

"자. 아토. 이렇게 많은 손님이 오셨는데 예쁘게 큰 소리로 인사드려야지. 아토, 인사."

"꺽~~ 꺽~~"

아토는 평소 훈련받은 것처럼 물 위로 몸을 반쯤 바로 세우더니 크게 소리를 냈습니다. 그리고는 이내 고개를 앞으로 숙이며 물속으로 첨벙 들어간 것입니다. 그 모습에 사람들은 일순 박장대소하며 크게 환호했습니다. 아이들도 그런 앙증맞은 아토를 보며 웃음보를 터뜨렸습니다.

"우리 아토 정말 잘했어요. 자, 여러분. 앞으로 우리 아토도 많이 예뻐해 주세요."

조련사 은정은 아토에게 싱싱한 물고기 한 마리를 입에 넣어줬습니다. 아토는 순간 마음이 으쓱해졌습니다. 자신의 첫 공연에서 맡은 역할을 멋지게 해냈다는 생각에 자부심이 한껏 든 것입니다.

"자. 그럼 이제부터 본격적인 공연을 시작해 볼까요? 이제 여러분들과 함께 신나는 돌고래 모험을 시작하겠습니다."

시간이 어떻게 지나가고 있었는지 몰랐습니다. 적어도 아토는 그랬습니다. 첫 공연에 투입된 아토는 빠르고 경쾌한 음악 소리와 사람들의 박수 소리, 환호 소리 속으로 점점 빠져들어 가고 있었습니다. 엄마 루나와 아빠 덴버, 그리고 다른 돌고래들이 연습한 순서에 따라 허공으로 솟구치고 또 헤엄치는 동안 점점 공연장의 분위기는 한껏 달아올랐습니다.

그런데 바로 그때였습니다. 일어나서는 안 될 비극이 일어난 때는 공연이 거의 막바지에 이르던 순간이었습니다. 조련사 은정이 말했습니다.

"자. 이번엔 오늘 처음 공연한 아토의 엄마죠? 루나는 우리 동물원에서 가장 높이 뛰는 돌고래인데요. 저 높은 천정에 있는 둥그런 링을 통과하는 매우 어렵고 멋진 공연이 되겠습니다. 루나. 준비됐지? 아들 아토 앞에서 멋지게 성공해야지. 그럼 여러분들의 큰 박수로 우리 루나를 응원해 주세요."

사람들의 우레와 같은 박수 소리가 터졌습니다. 그리고 여기에 맞춰 높이 매달린 링까지 솟구치기 위해 무서운 속도로 수조를 헤엄치던 엄마 루나는 조련사 은정의 신호에 따라 힘차게 물결을 치고 허공으로 높이 올라갔습니다.

"와~~ 와!!"

미끈하고 아름다운 자태의 돌고래가 그 큰 몸집을 허공에 들어 올리니 사람들의 환호성이 절로 터져 나온 것입니다. 루나 역시 성공적인 물차기로 원하는 만큼 하늘로 올라올 수 있어 참 다행이라는 생각을 하던 그때였습니다. 루나가 링을 통과하고 다시 물속으로 입수하려고 아래 지점을 확인 하던 순간, 놀라운 장면이 눈에 들어온 것입니다. 입수할 지점에 아들 아토가 보이는 것 아닌가요.

"안 돼!!!"

17

모든 것은 순간이었습니다. 허공에 떠오른 루나를 보며 사람들이 환호성을 지르던 그때, 최고점으로 솟구쳐 오른 루나가 만약 그대로 입수한다면 아토는 어찌 될까요?

루나는 순간 자신도 모르게 허공에서 자신의 몸을 비틀었습니다. 그렇게 한 번, 또 한 번, 그리고 또 한 번. 허공에서 모두 세 번 몸을 비틀며 낙하지점을 바꾼 루나가 떨어진 곳은 불행하게도 콘크리트 바닥으로 된 공연장 무대 위였습니다.

비극이 일어난 시간은 불과 몇 초. 조금 전까지 환호성으로 가득 찼던 공연장은 순식간에 비명으로 가득 찼습니다.

조련사 은정 역시 벌어진 상황에 당황하여 비명을 질렀습니다. 하지만 누구보다 놀란 것은 아토였습니다. 돌고래들은 공연에 맞춰 모든 훈련을 받고 있었습니다. 따라서 누군가가 링을 통과하는 공중 솟구치기를 할 때면 모든 돌고래는 링 뒤의 수조 쪽으로 이동해야 합니다. 그런데 아토가 이를 어기고 그만 큰 실수를 하고 만 것입니다.

"어…. 어…. 엄마. 엄마…."

18

아수라장이 된 상황에서 사람들이 어떻게 공연장을 빠져
나갔는지 기억이 나지 않습니다. 조련사들이 정신없이 뛰어
다니는 속에서 피를 흘리며 바닥에 떨어진 엄마 루나의 상태
가 어떤지 아토는 기억하지 못합니다. 너무도 큰 충격에 그
야말로 얼이 나간 것입니다. 아토는 내내 엉엉 울며 자기 때
문에 크게 다친 엄마 루나를 앞에 두고 어쩔 줄 몰랐습니다.

동물원의 수의사들이 상처 부위를 살펴보는 한편, 여러
약과 주사로 엄마 루나를 치료했지만 상황은 심상치 않았습
니다. 떨어지면서 받은 큰 충격으로 등뼈가 골절되었을 뿐
만 아니라 근육 조직 내에도 출혈이 심해 생사를 장담하기

힘들다는 말들이 수의사의 입에서 나왔습니다. 그러면서 고개를 절레절레 흔들며 가방을 들고 나가는 수의사의 말에 조련사 은정이도 눈물을 터뜨렸습니다. 그러면서 수의사들은 말했습니다.

"정말 신기한 일이야. 사람도 아닌 동물이, 어떻게 그런 생각을 다 할 수 있을까?"

"웬만한 사람들보다 훨씬 낫지 뭐. 아니, 자기가 떨어질 지점에 새끼가 있다고 몸을 비틀어 피하다니…. 돌고래가 똑똑하다는 말은 익히 들었지만 정말 이 정도인 줄은 몰랐네. 이런 돌고래가 죽는다니 정말 안타까운 일이야."

"그러니까 이게 본능인 거야. 여하간 돌고래지만 존경스러운 마음마저 드네. 이렇게 훌륭한 동물은 꼭 살려주고 싶은데…. 참 안타까울 뿐이야."

수의사와 조련사 사이의 대화를 들으며 아토는 엄마가 죽을지도 모른다는 사실을 알았습니다. 너무나 큰 충격에 어찌해야 할지. 그때 밖으로 나가려던 수의사가 멈칫 아토를 돌아보며 한마디를 툭 던졌습니다.

"아토. 너 엄마한테 잘해야 한다. 너 살리려고 엄마가 자기 목숨을 대신 바친 거야. 뭐. 네가 알아듣기야 하겠냐만⋯. 참 대단한 모성애야."

19

"엄마. 엄마."

수의사와 조련사들이 떠나고 아토는 엄마 루나 옆으로 다가갔습니다. 엄마 루나는 내실 수조 안에 마치 침대처럼 생긴 움푹 파인 철제 칸 안에 놓여 있었습니다. 크게 다쳐 헤엄칠 수 없게 된 루나를 위해 조련사들이 만들어준 철제 안전 틀이었습니다.

"엄마. 엄마."

아들 아토가 부르는 소리에 엄마 루나가 감고 있던 눈을 힘겹게 떴습니다. 쌍꺼풀이 예뻤던 엄마 루나의 눈이 더없이 슬퍼 보였습니다. 아토는 눈을 뜬 엄마를 보며 반갑기도 하고 미안하기도 하여 다급하여 말을 이어갔습니다.

"엄마. 저…. 죄…. 죄송해요. 저 때문에…."

아토는 엄마에게 너무도 미안하여 말조차 제대로 할 수 없었습니다. 그때였습니다. 엄마 루나가 천천히 입을 열었습니다.

"아토…."

"네. 네…. 엄마…."

아토는 엄마가 부르는 낮은 소리에 반가워 답했습니다.

"너는 다친 데 없는 거지? 괜찮은 거지?"

그 순간 아토는 엄마의 얼굴에 자기 얼굴을 비비며 엉엉 울었습니다. 그 상황에서도 자기만 걱정하는 엄마에게 너무도 죄송스러웠기 때문입니다.

"아냐. 아토. 그럼 됐어. 괜찮아. 네가 다치지 않았으니 엄마 됐어…."

"엄마. 정말 죄송해요. 제가 잘못했어요. 엄마 말을 들었어야 했는데, 사람들을 쳐다보다가 그만…."

엄마 루나가 점프하는 순간, 아토는 자기 이름을 부르는 한 아이를 봤습니다. 자기 이름을 부르며 손짓하는 어린이를 보는 순간 으쓱한 마음이 들어 잠시 딴생각에 빠졌는데 그때 아토의 귀에 엄마의 비명이 들려온 것입니다. 하늘 높이 올라가 자신과 눈이 마주친 그 찰나의 순간 내지른 엄마의 비명 "악!" 하는 날카로운 소리였습니다.

너무 놀란 아토가 그 순간 눈을 질끈 감았는데 잠시 후 들린 소리는 '쿵!' 하는 둔탁한 파열음이었습니다. 엄마 루나가 콘크리트 바닥으로 떨어지는 소리였습니다. 어떻게 된

110

영문인지, 왜 하늘로 치솟아 올랐던 엄마가 그 후 무대 바닥
으로 떨어진 것인지 몰랐던 아토는 조금 전 수의사들이 나
누는 대화를 듣고서야 알게 되었습니다. 엄마가 왜 그 바닥
에 떨어진 것인지 말입니다. 엄마가 자기를 보호하기 위해
세 번이나 몸을 비틀었다는 것을 알게 된 아토는 울며 매달
렸습니다.

“엄마. 제발 죽지 마세요. 제가 잘못했어요. 이제 앞으로
엄마 말 잘 듣고 엄마만 볼게요. 그러니 엄마…. 엉엉.”

“아토. 아니야. 엄마는 괜찮아….”

루나는 힘없이 아토를 바라보며 말했습니다.

“아토. 네가 미안할 일이 아니야. 다 엄마 잘못이야. 그러
니 절대 마음에 두지 마. 알았지?”

“아니에요. 엄마. 제가 잘못한 거예요.”

"아토. 엄마가 너에게 정말 미안한 건, 너에게 바다를 보여주지 못한 거야. 엄마가 그때 그렇게 철없는 행동만 하지 않았어도 이런 일은 없었을 텐데…. 그랬다면 드넓은 태평양 바다에서 네가 얼마나 행복했을까? 이 좁은 동물원에서 벗어날 수 없도록 너를 낳은…. 이 엄마가…. 너에게 무슨 말로 용서를 구할 수 있겠니. 정말 미안해. 내 아들 아토."

어느새 엄마 루나는 울고 있었습니다. 끊길 듯 끊길 듯 고통으로 인해 말이 채 이어지지 못했지만 엄마 루나는 울며 아토에게 말했습니다. 아토는 그런 엄마가 이대로 떠날 것만 같아 더 불안했습니다.

"엄마. 그런 말씀 하지 마세요. 전 여기가 더 좋아요. 그냥 엄마만 제 곁에 계시면 돼요. 그러니까 엄마. 제발 죽지 마세요. 엄마. 엄마…."

그때였습니다. 아토가 엄마 루나를 부르는 순간, 루나의 몸이 물속으로 천천히 가라앉기 시작했습니다. 아토는 그런 루나에게 지느러미로 물살을 일으키며 부르기 시작했습니다.

"엄마. 안 돼…. 엄마…. 엄마!!!"

아토가 부르는 소리에도 루나는 다시 물 위로 떠오르지 않았습니다. 루나의 마지막 숨결이 물방울이 되어 수면 위로 떠오를 뿐이었습니다.

20

"그럼, 그날 엄마가 돌아가신 거야?"

종안이가 아토에게 물었습니다.

"네가 공연을 보러 온 그 날이 바로 엄마가 돌아가신지 꼭 2년 되는 날이었어."

"그랬구나. 그래서 네가 마음이 아프다고 한 거였구나."

"맞아. 그런데 그 말을 네가 알아들어서 내가 얼마나 놀랐는지 몰라."

방금까지 엄마 이야기를 하며 울던 아토의 표정이 금세 환해졌습니다.

"나도 얼마나 놀랐는데…. 주변에 사람이 없는데 어디선가 목소리가 들려서 정말 깜짝 놀랐거든. 그런데 설마 돌고래가 말을 할 줄은…. 정말 신기해. 그럼 지금은 아빠 돌고래하고 둘이 여기서 사는 거니?"

방금까지 웃던 아토가 다시 얼굴에 먹구름이 드리워진 것은 그때였습니다.

"아니. 아빠도 이젠 없어…. 나 혼자야."

"왜? 아빠하고 같이 있었다고 했잖아?"

21

사고가 나고 3일째가 되던 날 밤, 엄마 돌고래 루나가 죽자 동물원에서는 서둘러 화장 처리를 했습니다. 그날의 충격적인 사실이 언론을 통해 보도된 후 동물원은 적지 않게 난감한 상황이었습니다. 그런데 동물원 입장에서는 시간을 끌지 않고 루나가 사망하니 그나마 다행이라며 수군거렸습니다. 아토는 사람들이 몰려와 엄마 루나를 물 밖으로 끌어낸 후 어디론가 데려가는 것을 맥없이 지켜볼 수밖에 없었습니다. 그것이 아토가 기억하는 엄마의 마지막 순간이었습니다.

아토는 그때 아빠인 덴버 품에서 엉엉 울었습니다. 덴버가 아토의 얼굴에 자신의 얼굴을 비비며 위로했지만, 정작 가슴 아픈 이는 덴버 자신이었습니다. 사고가 난 후 아빠 덴버는 한시도 떠나지 않은 채 아내 루나 곁을 지켰습니다. 수의사들이 "저러다 덴버 마저 건강을 해칠 수 있으니 차라리 격리하는 것이 좋겠다"라고 하여 마지막 순간, 아내인 루나의 모습조차 볼 수 없었던 덴버였습니다. 그러니 얼마나 더 힘이 들고 괴로웠을까요? 하지만 자기 고통보다 지금은 어린 아들 아토가 받았을 상처가 더 걱정이었습니다. 덴버는 다시 아토를 바라보며 말했습니다.

"괜찮아. 아토. 엄마는 여기보다 더 좋은 곳으로 갔을 거야. 착했으니까…. 착한 엄마였으니까."

어느새 덴버의 눈에서도 굵은 눈물이 흘렀습니다. 그렇게 아빠 덴버와 아들 아토는 아내이면서 또 엄마였던 루나가 밖으로 실려 나가는 마지막 모습을 지켜봤습니다.

그때였습니다. 물 밖으로 들려 나가는 루나를 향해 덴버가 온몸을 흔들며 힘껏 소리쳤습니다.

"여보. 사랑해…. 영원히…. 영원히…. 당신을 잊지 않을 게. 루나…."

하지만 사람들에게 아토와 아빠 덴버가 내지르는 소리는 다르게 들렸습니다. "꺼억~ 꺼억~ 꺼억!!" 하는 괴성을 지르는 것으로밖에 들리지 않았기 때문입니다. 그 슬픈 마지막 인사는 아토에게 잊히지 않는 아빠의 마지막 모습이었습니다.

22

그리고 그런 아토에게 또 하나의 슬픈 일이 벌어진 것은 엄마 루나가 떠난 바로 다음 날이었습니다. 엄마 루나의 사건이 있고 난 후 동물원 측은 돌고래 공연을 잠정 중단하고 있었습니다. 하지만 루나의 사체 처리가 끝나자 동물원 측은 다시 돌고래 공연을 진행하기로 했습니다. 사고로 인한 논란을 잠재우기 위해서 하루라도 빨리 정상적인 공연을 하는 것이 가장 효과적인 대응이라고 판단한 것입니다. 하지만 이 소식을 들은 조련사 은정은 바로 동물원 행정부서에 항의하고 나섰습니다.

"너무 하시는 거 아니에요? 아무리 사람이 아닌 동물이라지만, 그래도 가족이었던 덴버와 아토가 있는데 벌써 공연에 투입하라는 것은 너무 심한 거 같아요. 이건 아니죠."

"아니, 이은정 조련사. 지금 무슨 소리를 하는 거예요? 동물이 무슨 사람이라도 된다는 겁니까? 돌고래가 죽었는데 사람처럼 삼일장 치르고 사십구재라도 지내자는 거예요? 뭐예요? 그날 사고로 공연이 중단된 후 언론 보도가 계속돼서 얼마나 힘들었는데 언제까지 그냥 있자는 거예요?"

은정의 항의에 남자 행정팀장은 오히려 벌컥 화를 냈습니다. 그렇지 않아도 조련사들의 실수로 이런 일이 벌어진 것 아니냐며 공공연히 불만을 토로하던 팀장은 이번 기회에 오히려 잘됐다는 식으로 나온 것입니다. 그런 팀장의 태도에 은정은 화가 났지만 싸워서 될 문제가 아니니 목소리를 낮춰가며 거듭 사정했습니다.

"그래도 이건 아니죠. 며칠이라도 더 돌고래들이 안정을 취하고 난 후 공연을 재개해도 되잖아요?"

은정은 행정팀장에게 다시 한번 간곡하게 부탁을 했습니다. 하지만 되돌아온 목소리는 차가웠습니다.

"은정 씨. 은정 씨가 조련사로서, 또 동물을 사랑하는 사람으로서 뭐 이런 말 하는 거 나쁘지 않아요. 저, 존경합니다. 네. 존경합니다. 그런데요. 우리 동물원 입장도 생각해 보세요. 동물원은 지금이 가장 성수기예요. 지금도 돌고래 공연을 보겠다고 오는 손님이 아주 많아요. 그분들이 사무실로 얼마나 항의를 해오는지 아세요? 어제도 이번 주 토요일엔 중단된 돌고래 공연이 가능하냐며 물어오는 전화가 계속이었어요. 그러니 조련사 입장에서의 은정 씨 마음은 알겠는데 우리 입장도 생각을 좀 해주세요."

"그럼…. 다음 주 토요일까지 한 주만 더 연기해 주세요. 다음 주부터는 정상적으로 공연할 수 있도록 저도 준비를 할게요. 네?"

그 순간 행정팀장의 표정이 일그러졌습니다. '참 말귀를 못 알아듣네'라는 듯한 표정이었습니다.

"은정 씨. 이제 그만 하시죠. 이건 우리 동물원 행정실의 공식적인 방침이고 이미 원장님까지도 결재가 떨어진 사항입니다. 더 이상 개인적인 의견을 고집하지 마세요. 저도 알아들을 만큼 충분히 말씀드린 것 같으니 그만 자리로 돌아가서 공연 준비나 하세요."

23

동물원 행정실이 있는 건물을 나와 공연장으로 돌아오는 조련사 은정이의 귀에서 떠나지 않는 한마디가 있었습니다. 거대한 벽처럼 반응 없는 행정팀장의 외면을 온몸으로 느끼며 사무실을 나올 때 마지막으로 들린 말입니다. 어찌할 수 없는 상황에서 결국 사무실 문고리를 잡고 나오려는 순간, 은정의 뒤에서 행정팀장의 비아냥거림이 비수가 되어 가슴을 찌른 것입니다.

"조련사가 조련이나 똑바로 하고나 나서야지. 제 할 일은 안 하고 이게 뭐야."

은정은 순간 우뚝, 멈췄습니다. 그러나 뭐라고 할까. 결국, 은정은 중간쯤 비튼 문의 고리를 마저 비틀고 아무 말도 못한 채 밖으로 나왔습니다. 그렇게 나온 후 공연장까지 터벅터벅 걸으며 은정은 처음으로 자신이 사랑했던 동물 조련사의 길을 후회했습니다.

은정은 어려서부터 동물을 사랑했습니다. 그래서 막연하지만 나중에 커서 꼭 동물 조련사가 되어 동물들의 진정한 친구가 되고 싶었습니다. 그런데 막상 그 꿈을 이뤄 조련사가 된 후 은정은 순간순간 자신이 꿈꿔온 이 일이 맞는지 자신이 없어졌습니다. 이 일이 정말 동물을 사랑하는 사람이 선택할 수 있는 직업인가에 대한 회의감 때문이었습니다. 너무도 혼란스러웠습니다. 동물을 사랑한다면 동물이 원하는 것을 해줘야 하는데, 조련사는 동물이 원하는 것이 아니라 사람이 원하는 행동을 강요하는 직업이 아닐까 싶었기 때문입니다.

하지만 자신이 동물과 교감하여 만든 어떤 행위로 모든 사람들이 동물에게 환호하는 것을 보면서 은정은 자신의 선택이 틀린 것은 아닐 것이라고 그동안 믿어 왔습니다. 그런데 이번에 겪은 일련의 사건을 접하며 은정은 자신이 가져온 믿음이 어쩌면 틀린 것일 수 있다는 의심을 하게 되었습니다. 동물 역시 사람과 다르지 않은 존재임을 말로만이 아니라 실제로 본 것입니다. 은정은 엄마 돌고래 루나에게서 그것을 봤습니다.

자신이 위험하다는 것을 알면서도 새끼를 살리고자 거침없이 몸을 비틀어 콘크리트 바닥으로 떨어진 루나. 그리고 숨진 아내 루나의 사체를 옮기기 위해 사람들이 움직이자 남편인 덴버가 울부짖던 그 슬픈 비명을, 다른 사람은 몰라도 조련사 은정은 놓칠 수가 없었습니다. 그런 고통을 가진 덴버와 아토에게 잔인하게도 오늘 당장 사람들의 웃음을 위해 뛰어오르고 헤엄치고 물 위에 바로 서라고 요구하는 것이 너무도 잔인하다고 생각한 것입니다. 은정은 처음으로 자신이 선택한 직업이 싫어졌습니다.

하지만 더는 어쩔 수 없는 일이었습니다. 조련사 은정이가 돌고래 공연장으로 향하는 길에 설치된 스피커에서는 이미

125

돌고래 공연을 알리는 안내 방송이 흘러나오고 있었습니다.

"오늘도 동물원을 찾아주신 관람객 여러분께 감사의 말씀을 드립니다. 잠시 후 3시부터는 돌고래 공연장에서 돌고래의 멋진 공연이 있을 예정입니다. 관람을 원하시는 손님들께서는…."

사고가 났던 그날처럼 이날도 하늘은 여지없이 맑았습니다. 5월 중순이라서 날씨는 그리 덥지도, 서늘하지도 않았습니다. 가족 나들이를 나선 이들은 방송을 듣자마자 너도나도 앞다퉈 돌고래 공연장을 향해 달음박질을 치기 시작했습니다. 동물원 입장료에 이미 돌고래 공연 관람료가 포함되어 있어 선착순 관람이기 때문에 사람들은 모두 서두를 수밖에 없었습니다. 그 모습을 보며 은정은 마음에는 없지만 결국 공연을 준비할 수밖에 없었던 것입니다.

24

오후 3시, 공연이 시작되었습니다. 은정은 복잡한 심정이 었지만 찾아온 관람객에게 실망을 줄 수는 없어 아무렇지 도 않은 척 공연에 집중하려고 애를 썼습니다. 하지만 뭐랄 까. 오랜 시간 함께 호흡을 맞춰온 조련사와 동물 사이에서 만 느낄 수 있는 신호가 있었습니다. 겉으로 보기에는 문제 없이 공연이 진행되고 있는 것 같았지만 뭔가 엇갈리는 묘 한 감정이 들어 불안하기만 했습니다. 은정은 뭔지 모를 그 불안감으로 마음이 더 다급해졌습니다. 그래서 어서 빨리 공연이 끝났으면 좋겠다는 생각을 하던 그때였습니다. 빙빙 곁을 돌던 그 불길한 예감이 현실에서 쑥 들어오는 순간이 었습니다.

돌고래 루나가 해오던 공연의 마지막 하이라이트 순서, 천장 높이 달린 링을 솟구쳐 올라 통과하는 그 공연을 이번엔 남편 덴버가 대신하게 되었습니다. 이전보다는 링을 조금 낮게 달았지만 꽤 높은 곳까지 솟구치기 위해 루나 다음으로 공중 점프를 잘하는 돌고래가 덴버밖에 없었기 때문입니다. 하지만 조련사인 은정의 신호에 맞춰 하늘 높이 치솟아 올라야 할 덴버가 따르지 않았습니다. 사실 은정이도 이 부분 때문에 일주일만 공연을 연기하자고 한 것이었습니다. 공중으로 이만큼 높이 솟구칠 수 있는 돌고래는 루나와 덴버밖에 없는데 이런 상황에서 덴버가 정상적인 공연을 할 수 있을까 우려스러웠기 때문입니다. 더구나 루나를 떠나보내며 울부짖던 덴버를 생각하면 더욱 그랬습니다. 너무 잔인한 요구였던 것입니다.

"덴버. 미안해."

공연에 투입되기 전, 은정이는 덴버의 얼굴을 쓰다듬으며 말했습니다. 하지만 공연 순서가 다가오자 덴버는 이전과 달리 조련사인 은정의 말에 따르지 않았습니다. 한 번, 두 번, 계속되는 신호에도 불구하고 덴버는 좀체 평상시처럼 공중으로 솟구치지 않고 수조만 맴돌 뿐이었습니다. 그러자 관람객들 사이에서 웅성거리는 소리가 들리기 시작했습니다.

"여러분. 우리 덴버가 아직 준비가 덜 된 것 같습니다. 여러분들이 덴버에게 멋진 공연을 보여 달라고 더 크게 박수를 보내주시면 덴버도 힘이 날 것 같습니다."

그러자 사람들이 일제히 손뼉을 치기 시작했습니다. 어서 빨리 하늘로 솟구쳐서 멋진 모습을 보여 달라는 의미로 사람들이 큰 박수와 환호성을 내질렀습니다. 그런데 그때였습니다. 덴버가 갑자기 빠른 속도로 헤엄을 치며 수조를 질주하는 겁니다.

그러면서 거칠게 흥분한 덴버가 큰 물보라를 일으키며 불규칙하게 헤엄치는 것이 아닌가요. 그 폭주에 놀란 사람들이 비명을 지르기 시작했고 조련사 은정 역시 '사고다'라는 생각이 뇌리를 스쳤습니다. 어떻게든 덴버를 제어해야 했습니다. 그런데 그 순간이었습니다. 덴버가 하늘로 뛰어오른 것입니다.

"아악!!"

25

"안 됩니다. 덴버를 더 이상 우리 동물원에 둘 수는 없습니다. 공연에 투입할 수도 없는 상태인 데다 앞으로도 어떤 돌발 행동을 또 할지 누구도 장담할 수 없는 상태에요. 너무 위험합니다."

"그날 사고는 덴버만의 잘못이라고 할 수 없어요. 그런 문제로 덴버를 다른 동물원에 보내는 건 아닌 것 같습니다. 원장님. 한 번만 더 재고해 주세요."

동물원 행정실에서 회의가 열렸습니다. 돌고래 덴버의 신병 처리를 두고 동물원장과 행정팀, 그리고 조련사 은정이를 비롯한 관계자들이 다 모인 자리였습니다. 일주일 전 발생한 바로 그날의 사고 때문입니다.

돌고래 공연이 재개된 그날, 덴버는 결국 큰 사건을 일으키고 말았습니다. 허공으로 뛰어올랐으나 그곳은 허공에 달린 링을 향해서가 아니었습니다. 이해할 수 없지만 덴버는 그 반대 방향인 관객을 향해 큰 동작으로 연거푸 뛰어올랐습니다. 거대한 돌고래가 매우 위협적인 행동으로 거칠게 물살을 일으키면서 수조 안의 물이 사방으로 튀었습니다. 관람석에 앉은 사람들은 그 튀는 물살에 흠뻑 젖었고 일부 아이들은 놀라서 울음을 터뜨렸습니다.

그런데 더 큰 문제가 있었습니다. 관람석에 앉아 있던 임산부 관람객에게 피해가 발생한 것입니다. 덴버의 거친 행동에 놀란 임산부가 그만 충격으로 하혈하면서 의식을 잃은 것입니다. 그리고 이후 병원으로 긴급 후송된 임산부가 불행하게도 아이를 유산하는 사고로까지 이어지면서 언론은 이 사건을 대대적으로 보도했습니다.

돌고래 사망사고에 연이어 발생한 '공연 중 임산부 유산사고'. 그러면서 언론은 동물원의 관리 실태와 관람객에 대한 안전 문제를 두고 연일 비판하기 시작했습니다. 결국, 동물원은 상급 기관으로부터 집중적인 행정감사를 받아야 했고 이런 문제를 일으킨 덴버를 다른 동물원으로 팔아버리자는 의견이 행정실에서 제기된 것입니다. 은정이는 이러한 동물원 행정실의 의견에 대해 강하게 반대했습니다.

"죄송하지만…. 다시 한번 말씀을 드리겠습니다. 이건 덴버의 잘못이라기보다 우리 관리하는 사람들의 잘못이 더 크다고 저는 생각합니다. 동물도 우리 사람과 다르지 않은 감정이 있다는 걸 우리가 인정해야 합니다. 새끼를 보호하기 위해 죽음을 선택한 엄마 루나처럼 짝을 잃은 덴버에게 심리적 치유 기간도 주지 않은 채 공연을 강요한 것부터 저는 문제였다고 생각합니다. 우리의 관리 책임이 더 크다는 것을 인정해야…."

"이것 보세요. 이은정 조련사. 지금 무슨 말을 하시는 겁니까?"

은정의 말이 채 끝나기도 전에 행정팀장이 또 큰 소리로 말을 막았습니다.

"동물이 사람이라도 됩니까? 감정은 무슨 감정이 있고, 동물이 무슨 생각이 있어요? 아니, 그런 동물이 자기 새끼도 잡아먹습니까? 지금 소설 쓰세요?"

"자. 그만들 해요. 지금 회의하는데, 싸우자고 모인 겁니까? 조금씩 언성을 낮추세요."

둥근 안경을 쓴 50대 후반의 동물원장이 나섰습니다. 연일 쏟아지는 언론의 비판보도 때문에 스트레스를 많이 받은 듯 원장은 목소리마저 갈라져 있었습니다. 그런 원장의 말에 모두가 입을 다물었습니다. 이어 그는 심각한 표정으로 말을 이었습니다.

"여하간 덴버를 우리 동물원에 더 두고 있는 것은 아닌 것 같습니다. 이 상태로는 돌고래 공연장을 운영할 수도 없고, 또 사고를 일으킨 동물을 그대로 두고 공연을 보러 오시라고 관람객에게 말하는 것도 예의는 아닌 것 같습니다. 그럼 방법이 두 가지 중 하나인데, 사고를 일으킨 동물을 안락사 시키는 방법이나…."

"원장님. 지금 무슨 말씀을 하시는 겁니까?"

순간 조련사 은정이 벌떡 일어나며 소리쳤습니다.

"이봐요. 이은정 씨. 원장님 말씀 중에 이 무슨 무례한 행동입니까? 자리에 앉아요. 어서."

"아니요. 그동안 참을 만큼 참았습니다. 그런데 뭐요? 안락사요? 우리 인간이 잘못한 것은 생각하지 않고 왜 동물에게만 잘못을 전가하나요? 이러고도 동물을 사랑한다면서 이곳에 있을 자격들이 있다고 생각하세요?"

"아니, 지금까지 계속 참고 있는데 이젠 이은정 씨가 못하는 말이 없군요."

행정팀장이 은정을 향해 손가락질하며 자리에서 벌떡 일어났습니다.

"여기 이은정 씨만큼 동물을 사랑하지 않는 사람이 누가 있다고 이렇게 무례한 겁니까? 그렇게 동물을 사랑한다는 사람이 왜 이런 사고가 일어나도록 무능했습니까? 애초에 루나 사건이 일어나지 않았다면 이런 문제로 고민할 일도 없었을 것 아녜요. 그런데 자기 할 일도 제대로 못한 사람 때문에 여러 사람이 수습하고자 애쓰는 자리에서 이 무슨 행패예요? 그동안 은정 씨 행동이 다 맞아서 가만히 있는 게 아니었는데 이건 정말 너무하네요. 네?"

그 말에 순간 은정의 목이 멨습니다.

"네. 제가…. 잘못한 거 잘못했다고 인정합니다. 그래야죠. 사고가 일어나지 않도록 해야 했어요. 그래서…. 그래서…."

말을 잇지 못한 채 눈에 눈물이 가득 차기 시작했습니다. 갑작스러운 은정의 모습에 일어서 있던 행정팀장이 조금은 머쓱한 표정으로 다시 자리에 앉았습니다. 그러자 은정은 흐르는 눈물을 손으로 문질러 닦으며 따라 앉아 차분한 감정으로 다시 말을 이어 갔습니다.

"그날 이후 저도 많이 힘들었습니다. 처음으로 제가 선택한 이 직업에 회의감도 느꼈습니다. 과연 제가 선택한 결정이 옳았는지, 동물을 사랑한다고 믿어 왔는데 정말 제가 동물을 사랑하기나 한 것인지 많이 생각했고 또 두려웠습니다. 그래서 부탁입니다. 덴버를 다시 아들 아토와 헤어지게 하지 말아주세요. 루나를 잃은 덴버가 아토와도 떨어지게 된다면…. 그건 정말 아닙니다. 제가 더 살펴보겠습니다. 조금만 시간을 주시면…."

은정은 간곡하게 호소했습니다. 하지만 숙연해진 분위기 속에서도 이어진 원장의 답은 그러한 은정의 진심에 차갑기만 했습니다.

"미안하지만 이은정 조련사. 그건 어쩔 수 없어요. 이 문제는 여기서 그만 매듭을 짓는 것으로 하겠습니다. 이미 저쪽 동물원 측과 덴버에 대한 매매 관련 계약도 구두로 마친 상태입니다. 이 문제로 더 이상 우리 동물원이 시끄러워지는 것은 모두에게 도움이 되지 않습니다. 대신 이번 문제로 행정실에서 제기한 조련사 인사 징계도 덮을 생각입니다. 그냥 여기서 이 문제를 묻어가는 게….”

“아니요. 저는 수용할 수 없습니다.”

은정이 일어서며 큰소리로 외쳤습니다. 원장이 어처구니 없다는 표정으로 은정을 바라보는 순간 다시 행정팀장이 따라 일어서면서 소리쳤습니다.

“이은정 씨. 당신이 수용할 수 없다면 뭘 어쩔 건데? 징계 처분을 내려야 할 잘못을 원장님이 관용하겠다는데 뭘 수용할 수 없다는 거야? 정말 끝까지 해보자는 거야? 뭐야?”

“네. 차라리 저를 징계해 주세요. 대신 덴버는 다른 곳으로 보낼 수 없습니다. 이건 아닙니다. 다시 한번 생각해 주세요. 부탁드립니다.”

그때였습니다. 원장이 자리에서 일어나며 말했습니다.

"그만 회의를 끝내겠습니다. 덴버 문제는 이렇게 처리하기로 합시다. 그쪽 동물원에서 원하는 가격에 맞춰 행정실도 덴버 문제를 하루라도 빨리 정리해 주세요. 그렇게 해서 속히 모든 일이 정상화될 수 있도록 다들 협조해 주시리라 믿겠습니다. 저도…. 좀…. 살아야겠습니다."

한껏 피곤해진 표정으로 말을 마친 원장이 곧바로 사무실을 나갔습니다. 그러자 회의에 참석했던 다른 이들도 주섬주섬 노트를 챙긴 후 자리에서 일어났습니다. 어떤 이는 고개를 떨궜고 또 어떤 이는 은정을 힐끗 쳐다본 후 설레설레 고개를 가로젓기도 했습니다. 행정팀장은 거칠게 업무 노트를 들더니 은정의 얼굴을 쳐다보지도 않은 채 밖으로 나갔습니다.

그렇게 모두가 다 떠나버린 후 목석처럼 그 자리에 남은 사람은 은정 혼자뿐이었습니다. 말없이 서 있던 은정이 무너지듯 사무실 바닥에 털썩 주저앉았습니다. 그리고 잠시 후, 은정의 작은 울음이 터지기 시작했습니다. 서러움, 슬픔, 미안함. 자신의 무능함으로 엄마 루나를 잃고 이젠 아빠 덴버와도 헤어져야 할 아토를 생각하니 은정의 감정이 뜨거운 눈물로 흘러내린 것입니다.

26

"이은정 씨. 정말 이렇게까지 할 겁니까? 이거 근로 계약
위반인 건 아시죠? 당장 피켓 내리지 못해요?"

동물원 입구 앞. 조련사 은정이 큰 피켓을 몸에 두르고 서
있습니다. 피켓에는 '동물도 감정이 있습니다. 돌고래 공연
을 비롯한 동물 쇼는 중단되어야 합니다'라는 문구가 크게
쓰여 있었습니다. 동물원을 찾은 사람들은 그런 은정의 모
습을 둘러싼 채 신기한 구경거리처럼 두런두런 이유를 묻고
있었습니다. 은정은 사람들에게 최근 보도된 돌고래 사망
사건을 비롯하여 덴버를 다른 동물원에 팔아버리려는 동물
원의 계획을 막는 데 함께 힘을 모아달라고 호소했습니다.

한편 동물원 입구에서 조련사 은정이가 1인 시위를 하고 있다는 사실을 알게 된 행정실 직원들이 달려왔습니다. 이들은 은정에게 당장 1인 시위를 중단하라고 소리쳤습니다. 그러면서 근로 계약 위반을 들먹이며 압박을 한 것입니다. 그러자 은정이 말했습니다.

　"전 오늘 휴가를 냈습니다. 업무 시간도 아니고 또 1인 시위는 집회 신고 대상도 아닙니다. 그리고 이 문제에 대해 회사 내에 아무리 말해도 제 의견이 수용되지 않으니 직접 관람객에게 호소하고자 나온 것입니다. 전 1인 시위를 멈출 생각이 없습니다. 멈춰야 할 것은 제가 아니라, 엄마를 잃은 돌고래에게 아빠 돌고래마저 강제로 헤어지게 하려는 동물원의 잘못된 결정입니다."

　은정이 또박또박 동물원 측의 잘못을 지적하며 말하자 사무국 직원들이 순간 할 말을 잃었습니다. 그러자 주변에서 이 광경을 지켜보던 관람객 중 일부가 은정을 향해 박수를 보냈습니다. 영문은 정확히 모르지만 은정의 주장에 공감하는 마음이 사람들을 움직인 것입니다. 그런 박수 소리에 더

화가 났을까요. 순간 행정팀장이 조련사 은정의 목에 걸린 종이 피켓을 우악스러운 손으로 잡아당기기 시작했습니다.

"정말 말로는 안 되겠네. 이건 뭐 동물원을 망하게 하려고 작정을 한 거군. 뭐 이따위가 조련사로 들어와서 지랄이야. 지랄이."

행정팀장이 강제로 피켓을 잡아당기자 그 힘에 밀린 은정이 순식간에 땅바닥으로 내동댕이쳐졌습니다. 동시에 목에 건 종이 피켓도 한쪽 끝이 찢어지면서 바닥으로 떨어진 것입니다. 그때 바닥에 쓰러졌던 은정이 순간 벌떡 일어나며 더 큰 소리로 울부짖었습니다.

"뭐 이따위? 야! 동물도 감정이 있고 조련사도 감정이 있어. 동물이지만 가족인데, 그런 가족이 죽었는데 그런 지경에 공연하라고 강요하는 게 정상적인 인간이냐? 그런데 왜 너희는 아무 책임이 없냐? 피도 눈물도 없는 너희가 이따위지 누구보고 이따위래? 이 나쁜…."

그러면서 은정은 행정팀장의 멱살을 잡고자 달려들었으나 그런 은정을 행정팀장이 가볍게 힘으로 밀쳐 버렸습니다. 다시 또 땅바닥에 나가떨어진 조련사 은정. 그러자 정확한 영문은 모르겠으나 너무 심하게 은정을 대하는 행정팀장을 바라보는 구경꾼들의 눈빛이 사나워지기 시작했습니다. 그런 사람들을 의식하게 된 것일까. 행정팀장이 이내 자신의 넥타이를 매만지며 주춤했습니다. 그러면서 내뱉은 한마디는 차가웠습니다.

"이은정 씨. 두고 봅시다. 내일 회사에 출근하면 행정실로 오세요. 우리 이제…. 끝장을 봐야지요."

행정팀장과 직원들이 바닥에 쓰러져 있는 은정을 내려다보더니 다시 동물원 안으로 들어갔습니다. 은정은 더할 나위 없이 비참했습니다. 이렇게까지 심하게 나오리라 내심 상상하지 못했던 것입니다. 잠시 후 주위를 둘러싼 채 이 낯선 광경을 지켜보던 사람들도 흩어지고 은정은 바닥에서 일어나 찢어진 피켓을 주워들었습니다. 그리곤 한쪽이 부서진 끈을 새로 이은 후 다시 목에 둘렀습니다. 그렇게 은정의 1

인 시위는 동물원의 문이 닫힐 때까지 이어졌습니다.

사람들은 그런 은정을 둘러싼 채 또 이유를 물었습니다. 하지만 지친 은정은 더 이상 답변할 기운이 없었습니다. 그저 눈물만 흘러내렸을 뿐입니다. 그러면서 머리와 가슴엔 알 수 없는 답답함, 그리고 무기력감이 내내 떠돌았습니다. 과연 이것이 옳은가. 그리고 내가 할 수 있는 일은 무엇일까. 어릴 적 꿈이었던 동물 조련사가 된 후 세상의 모든 것을 다 가진 것처럼 은정은 진심 행복했습니다. 꿈을 현실로 이뤄냈다는 자부심으로 은정은 정말이지 하루하루가 마냥 행복하기만 했습니다.

은정은 자신의 일이 동물을 위한 좋은 일이라고 생각했습니다. 사람들이 동물에 대해 더 많이 이해할 수 있도록 도와주며 이를 통해 동물을 향한 사람들의 친근감이 더욱 깊어지도록 자신이 매개 역할을 한다고 믿었기 때문입니다. 또 마치 아기에게 걸음마를 시키고 말 한마디, 단어 하나를 가르치는 것처럼 자신 역시 동물과 사람이 소통할 수 있도록 언어와 행동을 가르친다고 믿었던 것입니다.

그런데 루나 사건과 일련의 과정을 거치며 그동안 은정이 가지고 있던 자기 확신이 정말 사실일까 하는 근본적인 의구심에 봉착하게 되었습니다. 동물이 원하는 것은 사람이 원하는 것과 본질적으로 다르다는 것을 처음 바라보게 된 것입니다. 사람들이 원하는 모습의 동물 공연을 보며 거기에 환호성을 지르고 손뼉을 치는 것이 과연 동물 입장에서도 같이 기쁘고 마냥 행복한 일이었을까?

은정은 동물의 입장에서 오늘날의 동물원을 생각해 봤습니다. 그러면서 이전까지 문헌상에서만 보고 배웠던 동물원의 기원에 대해 다시 한번 생각했습니다. 바로 인류사회에서 동물원이 만들어지게 된 최초의 유래입니다.

27

세상에 알려진 동물원의 기원은 상상 이상으로 아주 오래된 역사입니다. 고대 이집트의 수도였던 히에라콘폴리스에서 코끼리와 하마 같은 동물의 뼈가 출토되면서 역사학자들은 동물원이 기원전 3,500년부터 시작되었다고 해석하고 있습니다.

한편, 동물원은 과거 강대국 귀족들의 특별한 권력을 보여주는 상징으로 활용되기도 했습니다. 고대 국가의 왕들은 자신들이 정복한 나라에서 신기한 동물들을 잡아 와 궁궐 안에 전시함으로써 이를 업적과 권위의 증거로 내세우고 싶어 했기 때문입니다.

이런 동물원이 우리나라에 처음 만들어진 계기에는 남모르는 슬픈 사연도 스며있었습니다. 일제에 의해 조선의 외교권이 강탈된 그때, 우리나라에서 처음 동물원이 세워진 곳은 창경원입니다. 1909년 11월 1일, 일제는 조선의 궁궐이었던 창경궁을 창경원이라는 이름으로 바꿨습니다. 그리고는 그 안에 동물원과 식물원을 합친 동·식물원을 조성했다고 합니다.

조선의 상징인 궁궐 안에 이 같은 동·식물원을 만들도록 제안한 자는 그 유명한 '이토 히로부미'였습니다. 그는 창경원이 만들어진 1909년 10월 26일 중국 하얼빈 역에서 안중근 의사의 총격을 받고 척살된 자입니다. 그런 이토 히로부미가 조선의 마지막 임금이었던 순종에게 "창경궁에 동·식물원을 만들어 백성들에게 개방하자"라는 황당한 제안을 했고 힘이 없던 순종은 그 제안을 거부할 수 없었을 것입니다. 그렇게 해서 왕실의 상징인 궁궐에서 우리나라 최초의 동물원 역사가 시작된 것입니다.

조선이 망해가는 시기에 왕조의 상징인 궁궐을 헐어 만든 최초의 동물원. 하지만 비운으로 시작한 우리나라 동물원 역사의 슬픔은 그것으로 끝이 아니었습니다. 일제가 패망한 후 물러가면서 남긴 상처는 더 컸습니다.

때는 1945년 7월 25일. 일제 패망에 따른 우리 민족의 해방을 20여 일 앞둔 그때, 당시 창경원 동물원에서 회계과장으로 일하던 일본인 직원 사토(佐藤明道)가 사육사들을 한자리에 불러 모았습니다. 1937년 일제가 일으킨 2차 세계대전이 패망으로 점쳐지던 그때, 갑작스러운 사토의 소집에 사육사들이 어두운 표정으로 하나둘 모여들었다고 합니다. 그때 사토가 뭔가가 담긴 종이봉투를 사육사들에게 하나씩 나눠줬다고 합니다. 영문을 모르는 사육사들은 건네주는 봉지를 받아들며 이게 뭐냐고 묻지도 못했다고 합니다. 그만큼 분위기가 무거웠던 것이지요. 그리고 잠시 뒤 내려진 사토의 지시.

"본국 도쿄에서 긴급 명령이 내려왔다. 오늘 밤 안으로 우리 동물원에 있는 짐승 중 사람을 해칠 만한 동물은 모두 죽이라는 명령이다. 더 이상 질문은 필요 없다. 실시하라."

나중에야 그날 밤 왜 그런 명령이 내려졌는지 이유가 밝혀졌습니다. 일제보다 먼저 전쟁에 패망한 독일에서의 사례 때문이었습니다. 전쟁 중 폭격으로 동물원이 파괴되자 우리 안에 갇혀 있던 사자와 호랑이 등이 탈출한 것입니다. 그렇게 해서 벌어진 잔인한 사건들. 결국 그날 밤, 사육사들은 동물들의 먹이에 사토가 준 극약을 섞었고 아무것도 모르던 창경원의 코끼리, 사자, 호랑이, 뱀, 악어 등은 모두 최후를 맞았다고 합니다. 그런데 훗날 본국으로 돌아간 동물 사육사들이 오랫동안 잊지 못할 한 가지 기억을 증언했다고 합니다. 그날 밤, 극약이 섞인 먹이를 먹고 밤새 비명을 지르며 울던 맹수들의 울부짖음이었습니다. 그렇게 다음날 새벽, 싸늘하게 식은 채 죽어간 동물들은 우리나라 동물원의 아픈 역사로 기록되었습니다.

동물원에 대한 공부를 새로 하면서 은정이 알게 된 사실은 안타까운 기억이었습니다. 하지만 딱 거기까지였습니다. 불행한 일이지만 인간이 동물을 잘 보살피기 위해 함께하는 것은 나쁜 일이 아니라고 생각했기 때문입니다. 특히 환경이 파괴될 수밖에 없는 현대 사회에서 멸종 위기에 처한 동물들을 동물원에 보호하며 그 종을 보존하는 역할도 하기에 더욱 그렇게 생각한 것입니다. 그래서 자신이 그런 일을 하는 사람 중 하나라고 늘 자부해왔습니다.

그러다 보니 동물의 입장에 대해서는 생각해 본 적이 없었습니다. 일부에서 오래전부터 제기해 온 동물원 운영 폐지 주장에 대해서도 사실 은정은 큰 관심이 없었습니다. 하지만 루나 사건을 접하고 난 후 동물원 측의 태도를 보면서 은정은 새삼스럽게 동물원의 필요성에 대해 다시 한번 생각하게 되었습니다. 같은 상황을 입장에 따라 어떻게 달리 볼 수 있는지 느끼는 중요한 계기가 된 것입니다.

예를 들어 동물원의 북극곰이 물속을 들어갔다가 나온 후 온몸을 좌우로 흔드는 모습을 보면서 사람들은 즐거워합니다. 또한, 끊임없이 좌우로 움직이는 사육장 내에서의 북극곰 모습을 보면서 그것이 곰의 재롱으로 여기기도 합니다. 하지만 진실은 그것이 아닙니다. 추운 북극에서 살아야 할 곰이 여름철이면 영상 30도가 넘는 우리나라에서 살고 있으니 어찌 정상적인 생태 환경이 가능할까요. 그래서 "재롱을

부리며 곰이 춤을 춘다"라며 즐거워하는 북극곰의 행위는 사람으로 치자면 자폐증세와 비슷한 이상행동이라고 합니다. 좁은 동물원 공간에서 자신과 맞지 않은 환경에서 오래 노출되다 보니 일어나는 이른바 '정형 행동'인 것입니다.

대표적인 사례 중 하나가 또 돌고래입니다. 돌고래는 초음파를 이용하여 자신의 의사 표현을 하는 동물입니다. 그런데 그런 돌고래에게 좁디좁은 수조는 엄청난 스트레스를 줄 수밖에 없습니다. 동물원에서 돌고래를 보호한다는 것 자체가 근원적으로 말이 안 되는 이유입니다. 한편 돌고래는 그나마 동물원에서 특별한 대우를 받습니다. 돌고래의 공연을 사람들에게 보여주기 위해 바닷물을 수시로 깨끗하게 갈아주기 때문입니다. 안타깝게도 다른 바다짐승에게는 이런 당연한 환경도 못 해주는 실정입니다. 바닷물을 공수해 오는데 비용이 많이 들기 때문입니다. 그러다 보니 바다에 사는 잔점박이물범의 경우에는 바닷물 대신 지하수로 물을 공급해 안구가 파열될 정도의 심각한 염증이 발생하기도 했습니다.

은정이 일하고 있는 최고 시설의 동물원조차 이런 지경이니 지방의 작은 동물원은 어떠할까요? 언론을 통해 알게 되는 동물의 학대는 많은 국민을 분노케 했습니다. 일부 소규모 동물원의 경우 악어 공연을 하면서 심한 매질과 학대를 하여 큰 파문을 일으켰지만 역시나 거기까지였습니다. 여전히 동물은 사람들에게 돈벌이 수단일 뿐 생명의 존엄성은 고려 대상이 아닙니다.

　동물을 보호하는 법은 존재하지만, 그것이 실제로 모든 동물을 안전하게 보호해 주지 못하고 있습니다. 동물의 권리가 보장되기에는 너무 먼 이야기입니다. 자신이 미처 깨닫지 못한 이런 문제에 대해 은정은 새롭게 인식하게 되었습니다. 결론적으로 동물을 대상으로 하는 공연은 모두 중지되어야 한다는 것. 은정은 가장 먼저 자신이 근무하는 동물원을 상대로 이러한 내용의 캠페인을 벌이기로 했습니다. 그 첫 번째 행동의 실천, 바로 그날의 1인 시위였던 것입니다.

28

"이은정 조련사님. 어제 일은 유감이었습니다. 어젯밤에 돌아와 곰곰이 생각해보니 조련사 입장에서는 또 그럴 수도 있겠구나 싶더라고요. 어제 낮에 제 무례한 행동부터 사과 하겠습니다. 정말 미안합니다."

뜻밖의 일이었습니다. 전날 두고 보자며 야멸차게 돌아섰던 행정팀장의 말에 내심 걱정과 작심 사이를 오가는 혼란스러운 마음으로 출근했는데 정작 은정을 찾아온 팀장의 사과는 너무도 당황스러웠기 때문입니다. 출근하는 대로 원장실로 오라는 호출을 받고 도착해 보니 원장과 긴밀하게 대화를 나누던 행정팀장이 던진 사과는 그만큼 의외였습니다.

"자자. 그러지 말고 악수하고 어제 일은 서로 사과하고 좋게 합시다."

원장의 권유에 은정은 일순 당황하여 얼결에 손을 내밀었습니다. 그러자 행정팀장은 그런 은정의 손을 힘껏 잡으며 아래위로 흔들며 말했습니다.

"은정 씨. 우리 이제 그만 오해를 풀고 서로 협력합시다. 나도 동물 사랑하는 사람이고 다 동물원 발전과 우리 조직을 위해 일하는 것 아닙니까? 그동안 우리 은정 씨 마음고생하는 것 보면서 내 동생 같은 사람, 힘들어 하는 것 같아 사실 내 마음도 그리 편치는 않았어요. 그러니…"

오버하는 행정팀장의 언행에 은정은 슬그머니 손을 뺐습니다. 그러면서 아무래도 뭔가 이유가 있을 것 같은 팀장의 행동에 은정은 자연스럽게 동물원장의 얼굴을 바라봤습니다. 그러자 원장이 은정 쪽으로 얼굴을 내밀며 작은 목소리로 말하기 시작했습니다.

"이 조련사. 지금 여론도 너무 안 좋고 상급 기관의 감사도 끝나지 않아 머리가 많이 아픕니다. 그런데 이런 문제로 자꾸 내부가 복잡해지면 우리 모두 공멸합니다. 동물 때문에 계속 이렇게 되면 결국 동물에게 피해가 갑니다. 동물을 관리해야 할 시간에 자꾸 다른 데 신경을 쓰니 당연히 그렇게 되지 않겠어요? 그리고 사람 사이가 동물 때문에 자꾸 나빠지면 되겠어요? 다 사람 살자고 동물원 운영하는 거지, 동물 살자고 사람이 존재하는 겁니까? 내 말이 틀렸어요? 자. 그러니 이렇게 합시다. 행정팀장과 어제부터 내내 협의를 했는데 그동안 있었던 모든 일은 우리가 다 덮고 가겠습니다. 더 이상 문제 제기 안 할 테니 여기서 그만 덮고 갑시다."

"그럼 덴버 문제도 해결해 주시는 건가요?"

얼굴을 내밀며 말하는 원장의 모습이 부담스러웠던 은정이 뒤로 몸을 빼며 원장에게 물었습니다. 그러자 행정팀장이 말을 받았습니다.

"그건 어려워요. 이미 저쪽하고 협의도 다 마쳤고 이 문제를 해결하기 위해서도 덴버 문제는 매듭지어야 합니다. 그러니…."

"아니요. 그럼 전 안됩니다…."

"이봐요. 이은정 씨. 이건 당신이 되고 안 되고 할 권한이 없어요. 우리가 더 이상 시끄럽지 않게 하려고 하는 거지, 당신 말이 옳아서 그런 게 아니에요. 제발 정신 좀 차려요."

행정팀장은 다시 한번 언성을 높이며 은정을 다그쳤습니다. 감사가 진행 중인 상황에서 은정이 1인 시위까지 하니 골치가 아팠던 것이지요. 그러니 더 이상 일이 복잡해지지 않도록 상황을 봉합하려고 한 것인데, 은정이 말을 듣지 않자 다혈질인 팀장이 결국 다시 언성을 높인 것입니다. 하지만 은정 역시 물러서지 않았습니다. 차라리 이번 기회에 자신의 생각을 분명하게 전달하는 것이 좋겠다는 생각에 은정은 자리에서 벌떡 일어서며 말했습니다.

"저는 어떤 경우에도 덴버를 다른 곳에 보내는 일을 가만히 보고 있지 않을 겁니다. 그리고 우리 동물원도 동물을 학대하는 공연을 더 이상 해서는 안 됩니다. 동물원은 말 그대로 동물을 보호하는 곳이어야 합니다. 그런데 동물을 보호해야 하는 동물원에서 오히려 학대하는 행위를 하고 있습니다. 저는 우리 동물원이 잘못된 공연을 멈출 때까지 싸울 것입니다. 그리고….”

“이봐요. 이 조련사. 그럼 하나만 물어봅시다.”

은정의 말을 듣고 있던 원장이 말을 끊으며 끼어들었습니다. 순간 은정도, 행정팀장도 입을 닫고 원장의 입만 바라봤습니다.

“동물원에서 공연을 안 하면 조련사가 왜 필요하지요?”

순간 은정은 할 말을 잃었습니다.

“그건….”

"아니 됐고요."

결심이 선 듯 원장은 굳은 얼굴로 자리에 일어섰습니다.

"우리로서는 최선을 다했습니다. 나머지는 이제 이은정 조련사가 하고 싶은 대로 하세요. 그리고 그 행위에 대한 책임 역시 이 조련사가 지면 됩니다. 그리고 팀장은 인사위원회를 준비하세요. 최대한 이른 시일 내에…. 이제 각자 자기 길들을 갑시다."

29

"그럼 아빠는 어디로 가신 거야?"

"몰라. 그냥 여기서 멀리 떨어진 어느 도시의 동물원으로 가셨다는 말만 들었어."

아토가 전해준 그간의 이야기는 어린 종안이에게 너무도 슬펐습니다. 엄마 루나가 죽고 다시 아빠 덴버 마저 헤어져야 했던 아토. 그런 아토에게 종안이는 무슨 말을 어떻게 해야 할지 생각이 나지 않았습니다. 그저 또 다른 한 사람의 일원으로서 미안하기만 할 뿐이었습니다.

"아빠가 가신 곳은 여기 같은 동물원은 아니라고 했어. 조련사들이 하는 말을 들었는데 거기는 돌고래 공연만 전문적으로 하는 곳이라고 하더라고."

30

그날의 사건 후 아빠 덴버는 동물원에서 격리수용이 되었습니다. 조련사 은정의 신호를 무시한 채 난폭한 행동으로 물보라를 일으킨 그날, 덴버는 처음으로 인간에 대한 증오심을 느꼈습니다. 아내 루나를 지키지 못한 자책감으로 괴로워하던 덴버. 잘해 준 것보다 못 해준 것이 너무 많았던 아내 루나. 그런 루나를 처음 만났던 그 날이 덴버에게 떠올랐기 때문입니다.

처음 만난 루나는 한눈에 봐도 너무 아름다운 돌고래였습니다. 갸름한 곡선, 은빛과 검은빛이 적절하게 혼합되어 반짝이는 동체. 무엇보다 쌍꺼풀이 뚜렷한 루나의 눈에 덴버는 그야말로 한눈에 반하고 만 것입니다. 그런 돌고래가 같은 동물원에 왔다는 이유만으로도 이미 설레어 덴버는 호시탐탐 루나에게 말 한마디 걸어볼 기회만 엿보고 있었습니다.

하지만 덴버가 기다린 기회는 쉽게 오지 않았습니다. 누구나 그렇듯 태평양 바다에서 제 마음껏 자유롭게 살다가 포획되어 이 좁디좁은 동물원 수조에 갇혔으니 그 처음 심정이 어떨까요. 덴버 역시 처음 동물원으로 옮겨진 후 그런 심정이었기에 누구보다 잘 알고 있는 일입니다. 덴버는 그런 과정을 거치고 있을 루나를 생각하니 더욱 안타까웠습니다. 다만 덴버와 루나 처지가 좀 달랐던 점이 있었습니다. 덴버는 루나와 달리 태어나 불과 몇 달 만에 잡혀 왔습니다. 그래서 어쩌면 자유에 대한 체념 속도도 빨랐고 그에 따라 동물원에 적응하는 데에도 큰 어려움이 없었습니다.

하지만 루나는 달랐습니다. 동물원으로 오고 난 후 한 달이 넘도록 루나는 다른 돌고래와 마음을 나누지 못했습니다. 조련사가 주는 먹이 역시 잘 먹지 않았습니다. 먼 길을 갇혀 이동해 온 이유도 있고 또 바다에서 수조로 옮겨와 적응을 못 하는 이유도 있었겠지만 그런 루나의 모습을 보며 조련사 역시 걱정하지 않을 수 없는 상황이었습니다.

그때 덴버가 조용히 루나에게 다가갔습니다. 용기를 내어 다가간 덴버는 아무 말 없이 루나의 얼굴에 자신의 얼굴을 댔습니다. 무척 많은 고민 끝에 용기를 낸 것입니다. 루나의 상처가 너무나 크다는 걸 알기에 그 모습을 지켜보고 있는 덴버가 자기도 모르게 얼굴을 맞대며 위로해 준 것입니다. 그런데 놀라운 일이었습니다. 덴버가 뒤늦게 자신의 행동에 당황하며 루나의 볼에서 얼굴을 떼려고 하자 오히려 더 다가와 얼굴을 비빈 것은 루나였습니다. 그러면서 루나가 울었습니다. 동물원에 와서 한 번도 울지 않았던 루나. 말로 다 할 수 없는 깊은 절망이 가득했던 루나가 마침내 마음을 열며 한꺼번에 그 서러움을 토해낸 것입니다.

다음날부터 덴버와 루나는 돌고래 수조 안에서 단짝이 되었습니다. 덴버는 루나의 보호자가 되었고 루나는 그런 덴버를 살뜰하게 챙겨주는 친구가 되었습니다. 그제야 조련사들도 마음이 놓이기 시작했습니다. 많은 관심을 주며 애를 썼지만 마음을 닫아버린 루나로부터 아무런 변화도 이끌어내지 못해 내심 초조했던 때였습니다. 이러다가 혹여 폐사되지 않을까 전전긍긍하던 조련사 입장에서는 그야말로 다행스러운 일이었습니다. 그렇게 해서 자연스럽게 합사하게된 덴버와 루나 사이에서 새로운 돌고래까지 태어났으니 동물원에서 더 귀한 대접을 받지 않을 수 없었던 것입니다.

더구나 본격적인 조련 과정을 거치면서 보여준 루나의 공연 능력은 더욱 조련사를 매료시켰습니다. 지금까지 그 어떤 돌고래보다 훈련 이행 속도가 빠르고 또 탁월했기 때문입니다. 루나는 그야말로 조련사 입장에서는 최고였던 것입니다. 그러자 동물원 측에서는 루나와 덴버, 그리고 이 둘 사이에서 태어난 아토를 중심으로 한 독립적인 돌고래 가족 공연도 구상하던 중이었습니다. 이에 맞는 공연 프로그램까지 준비하던 상황이었는데 불행하게도 그런 시점에 루나가 사망하는 비극이 발생한 것입니다.

덴버는 그때 보았습니다. 아내 루나가 허공에서 몸을 비트는 것을 말입니다. 그리고 그것이 무엇을 의미하는지 덴버는 그 순간이 마치 한 컷 한 컷 사진을 보듯 뇌리에 남았습니다. 그리고 이후 콘크리트 바닥으로 루나가 떨어지는 모습까지도. 사람들의 비명에 크게 당황해하는 조련사와 다른 돌고래가 내지르는 비명까지. 마치 모든 것이 물속에서 퍼진 비명처럼 덴버의 뇌리를 둔탁하게 쳤습니다.

그날 사고 이후 덴버는 의식을 잃은 루나의 곁을 한시도 떠나지 않았습니다. 조련사와 수의사 역시 처음엔 루나만 독립적으로 수용하고 나머지 돌고래는 따로 격리했으나 덴버만은 루나 곁에 두기로 했습니다. 돌고래도 자기 새끼를 위해 몸을 비트는 모성애를 보였는데 부부 돌고래를 마지막 순간조차 격리하는 것은 아닌 것 같았기 때문입니다. 그만큼 루나의 상태가 좋지 않았던 것이지요.

그렇게 해서 곁에 있게 된 덴버는 내내 자신의 앞가슴지느러미를 루나에게 흔들어 주었습니다. 신선한 물이라도 갈 수 있게 해주고 싶은 마음이었습니다. 그런 것밖에 할 수 없는 자신의 무능을 책망하며 덴버의 가슴은 무너지고 있었던 것입니다. 하지만 사고 후 의식을 잃은 루나에게는 아무런 반응이 없었습니다. 사고 이틀째 밤, 수의사들은 이대로 루나가 사망할지 모른다며 두런두런 이야기를 나누고 있었습니다. 덴버는 속이 타들어 가고 있었습니다. 말로만 듣던 표현, '가슴이 에인다'는 말이 무엇인지 덴버가 처음 느낀 순간이기도 합니다. 덴버의 심장에서 냉탕과 온탕을 넘나드는 차가움과 뜨거움이 도는 느낌, 바로 그것이었습니다. 이것이 루나와의 기억 마지막이라니. 덴버는 다시금 지난 시절 처음 루나를 만났을 때가 생각났습니다.

절망에 빠진 루나를 보며 안타까운 마음에 무턱대고 자기 볼을 비빈 덴버. 그런 덴버를 밀쳐내지 않은 루나에게 덴버는 자기가 할 수 있는 모든 것을 다 해주고 싶었습니다. 그 후 둘 사이에서 아토까지 태어나자 덴버는 하루하루가 마냥 행복하기만 했습니다. 비록 동물원의 수조에 갇혀 매일 공연을 강요받는 삶이었지만 이곳에서 예쁜 루나를 만났고 아들 아토까지 얻었으니 무엇하나 부족할 것 없는 행복이었기 때문입니다. 그런데 그런 덴버의 마음과 달리 루나는 달랐습니다. 종종 우울한 표정을 지울 수 없었던 것입니다. 왜 그럴까요?

31

루나는 아들 아토에게 늘 미안한 마음이었습니다. 엄마가 태어나고 자란 드넓은 태평양 바다를 아토에겐 한 번도 경험해 주지 못한 책임이 자기에게 있다며 자책하곤 했습니다. 그래서 이 좁은 동물원 수조에서 평생 관람객을 위한 공연만 하다가 돌고래 평균 수명보다 더 빨리 죽게 될 아토의 운명을 생각하니 루나는 괴롭기만 했습니다. 그런 루나의 자책 앞에 덴버가 말했습니다.

"루나. 이건 어쩔 수 없는 일이야. 그런 생각을 한다고 해서 우리가 할 수 있는 일은 없잖아. 차라리 지금 현실에서 우리가 더 잘 지내는 것이 나는 더 중요하다고 생각해. 우리 힘으로 해결할 수 없는 불가능한 문제로 몸과 마음을 더 힘들게 하지 마. 그것 때문에 우리가 행복할 수 있는 시간을 낭비하는 건 바보짓이야. 내가 더 잘할게."

루나의 이유 있는 아픔에 덴버 역시 안타까웠습니다. 그래서 현실에 안주하는 비겁한 말일지 모르지만 덴버로서는 루나를 이렇게라도 위로하고 싶었던 것입니다. 하지만 덴버는 알았습니다. 루나가 아들 아토를 늘 바라보던 가슴 깊은 슬픔의 눈빛 말입니다. 내내 싸우지 않고 사이좋게 지내던 덴버와 루나가 처음 말다툼을 한 것도 이 때문이었습니다. 어느 날 동물원 수조 생활에 익숙해지는 아토에게 태평양 바다를 언급하며 "원래 우리가 살아가야 할 곳은 사실…."이라는 말을 루나가 하는 걸 듣고 덴버가 한 말입니다.

"루나. 이제 그만하면 어떨까. 차라리 태평양 바다를 모르고 사는 게 아토에겐 더 나을 수 있다고 봐. 이제 더는 태평양 바다 이야기를 아토에게 하지 않았으면 좋겠어."

남편 덴버로부터 처음 듣게 된 야속한 말에 루나는 내심 속상했습니다.

"그래. 당신 말이 맞아. 하지만 난 아토가 가지는 못해도 우리가 살아왔던 곳, 할머니와 할아버지, 그리고 또 다른 우리 가족이 살고 있는 태평양 바다는 알고 있어야 하지 않나 싶어서 그런 거야. 비록 갈 수는 없겠지만 우리가 어디에서 왔는지는 알려주고 싶어. 그게 정말…. 잘못인 거야?"

이렇게 말하는 루나의 눈에서는 어느덧 눈물이 고였습니다. 하지만 덴버는 애써 그런 루나의 눈을 외면한 채 말을 이어갔습니다.

"난 생각이 달라. 아닌 것 같아. 아토에게도 결국 도움이 안 되는 이야기야. 어차피 우리는 다시 바다로 돌아갈 수 없어. 갈 수 없는 곳에 불행한 환상을 심어주는 것 역시 올바른 부모의 역할은 아니야. 그냥 여기서 우리가 잘살면 되는 거야. 나도, 루나도, 그리고 아토도 이제 우리밖에 없다고. 그러니 아토에게 더 이상의 바다 이야기는 하지 말았으면 좋겠어."

이 말을 나눈 것이 사고 나기 이틀 전 일이었습니다. 루나와 덴버가 이 일로 다툰 다음 날, 서로 소원해진 감정 때문에 눈길조차 주지 않았는데 그만 화해도 하기 전 사고가 난 것입니다. 덴버는 이 모든 일이 자기 탓인 것 같았습니다. 자기 때문에 루나가 그런 일을 당한 것 같아 자책하고 또 자책하며 괴로워한 것입니다.

그래서 덴버는 루나의 상태가 점점 더 나빠지고 있다는 수의사의 말을 들으며 부디 단 한 번만이라도 루나가 의식이 깨기만을 기도했습니다. 정말 미안했다고, 아니 내가 잘못했다고 진심으로 용서를 구하고 싶었기 때문입니다. 그 말이라도 전하지 못한 채 이대로 루나를 떠나보낸다면 어쩌나 덴버의 가슴이 타들어 간 이유였습니다.

그런데 그때였습니다. 의식을 잃은 채 이틀째 밤이 지나가던 그때, 수의사가 잠시 자리를 비운 사이 루나의 꼬리지느러미가 살짝 움직이는 것 같았습니다. 덴버는 놀라 조금 더 세게 루나의 얼굴에 찬물을 흔들어 놓았습니다.

"루나! 루나! 내 말이 들려? 루나…."

그러자 작은 기적이 일어났습니다. 영원히 뜨지 않을 것 같았던 루나의 눈이 어슴푸레 떠진 것입니다. 아주 천천히 눈을 뜬 루나는 이내 덴버를 알아봤습니다.

"나야. 루나. 내가 누군지 알아보겠어?"

그러자 루나는 가볍게 고개를 위아래로 흔들었습니다.

"무슨 일이 있었던 건지 기억나? 루나…."

루나는 잠시 기억을 더듬었습니다. 솟구친 허공에서 내려다 본 입수 지점에서의 아토, 그리고 아토가 위험해질 것이라는 생각에 본능적으로 몸을 비틀어 최대한 멀리 떨어지기 위해 안간힘을 썼던 마지막 장면. 이후 어둠의 긴 장막을 지난 것 같은 기억의 단절. 자신이 기억하는 것은 이것이 전부였습니다.

"아토…. 우리 아토는…. 어때요?"

그러자 덴버의 얼굴에 슬며시 화가 스쳤습니다.

"루나. 당신은 아토밖에 없는 거야? 나는…. 내 생각은 한 번도 안 하는 거야? 내가 얼마나 미치는 줄 알기나 해. 왜 내 생각은 전혀 하지 않는 거야?"

덴버는 자기도 모르게 외쳤습니다. 루나의 심정을 모르는 것은 아니지만 덴버는 서운하고 화가 났습니다. 다시는 못 볼 줄 알았는데, 이대로 영원히 눈을 뜨지 않을까 봐 그야말로 가슴 에이는 고통을 느끼고 있었는데 루나는 오직 아토뿐이었기 때문입니다. 그런데 이 말을 내뱉고 난 후 덴버는 곧바로 후회했습니다. 이런 말을 하려고 한 것이 아닌데, 지금 이런 말을 할 시간이 없는데 싶어 다시 또 후회되었습니다.

"덴버. 미안해. 늘 당신에겐…. 미안한 마음만 있어."

"루나. 내가 미안해. 당신을 제대로 지켜주지 못해서…. 그런데 나에게도 당신이 필요해. 이제 나는 어떻게 하라고, 당신 없는 나는 어떻게 하라고 이럴 수 있어."

덴버는 루나가 원망스러웠습니다. 루나를 사랑하기에, 루나가 없는 세상에서 자기 혼자 어떻게 살아가라고 그런 행동을 한 것인지 마음은 알지만 덴버는 루나가 원망스러웠습니다. 그런데 생각과 달리 덴버는 자기 속내와 다른 말만 꺼내고 있었습니다. 갑작스러운 의식 회복으로 지난 이틀간의 생각이 두서없이 허겁지겁 입 밖으로 튀어나오는 것입니다. '이 말이 아닌데' 하면서도 덴버는 자꾸만 제 생각과 다른 말만 할 뿐입니다.

"루나…. 죽지 마. 죽으면 안 돼!"

"덴버. 나는 괜찮아. 미안해…. 그런데 정말…. 아토는 괜찮은 거지?"

"아토는 괜찮아. 걱정하지 마."

"어. 이봐 들. 루나가 의식이 돌아온 것 같아. 어서들 와 보라고."

그때였습니다. 잠시 자리를 비웠던 수의사들이 들어서며 루나가 의식이 돌아온 것을 알았습니다. 갑자기 소란스러워 졌습니다. 수의사들은 루나의 상태를 체크 한다며 부산스럽 게 움직이는 한편, 덴버를 격리하기 위해 다른 수조로 이동을 시키려 했습니다. 다급해진 덴버는 이리저리 피하며 루나에게 말했습니다.

"루나. 약속해. 절대 이대로 죽으면 안 돼. 나를 버리지 마. 난 당신 없이는 안 돼. 제발…. 루나."

하지만 루나는 다시 의식이 점점 흐려지고 있었습니다. 다시 무겁게 내려가려는 눈꺼풀을 간신히 밀어 올리며 덴버의 마지막 절규를 들었습니다.

"루나. 만약에 이대로 나를 떠난다면…. 난 평생 당신을 원망할 거야. 정말 미워할 거라고…."

루나가 들은 덴버의 마지막 울부짖음이었습니다.

32

"그럼 그때 후로 아빠는 못 본 거니?"

"아니야. 아빠가 다른 곳으로 가기 전에 잠깐 아빠를 만날
수 있었어. 조련사 누나가 헤어지기 전에 잠깐이라도 같이
있게 해줬거든."

33

아토는 어색했습니다. 그날 아빠의 난폭한 행동을 봤기에, 그리고 그 일로 엄청난 일이 벌어진 것을 알기에 아토는 아빠가 무서웠습니다. 엄마가 자기 때문에 죽고, 아빠가 그 일로 자기를 미워할지 모른다고 생각한 아토는 아빠에게 다가가지 못한 채 수조 구석만 빙빙 돌 뿐이었습니다. 그러자 먼저 다가온 것은 아빠 덴버였습니다.

아빠가 야단이라도 치면 어쩌지 하던 아토가 흠칫 놀라던 그때였습니다. 아토는 아빠의 눈을 봤습니다. 울고 있었습니다. 덴버가 울며 아토에게 다가와 가만히 볼을 비비며 울었습니다.

"아토. 너에게 미안하다. 아빠가 너에게 참 많이 미안했다."

그 순간 아토도 왈칵 눈물이 났습니다. 그동안 참고 참았던 눈물이 한꺼번에 쏟아지기 시작했습니다. 내 잘못으로 엄마가 돌아가시고 그 죄책감으로 누구 앞에서조차 털어놓지 못한 혼자만의 슬픔이었습니다. 엄마가 그렇게 떠난 후 아빠 덴버는 매일 매일을 허공만 바라보고 있었습니다. 그런 아빠에게 다가가 무슨 말이라도 하고 싶었지만 죄책감 때문에 그렇게도 못했던 아토입니다. 그런 지경에 또 벌어진 그 일로 이젠 아빠마저 어디론가 떠나가야 하는 처지가 되었으니 그간 참았던 설움이 터지고 만 것입니다.

"아빠. 죄송해요. 모두 제 잘못이에요. 제가 그러지만 않았어도…. 엉엉."

"아토. 아니야. 네 잘못이 아니야. 내 잘못이야. 아빠가 잘못한 거야. 이제부터 아빠가 하는 말을 잘 듣도록 해."

아토는 눈물을 멈추고 아빠를 바라봤습니다.

"아토. 엄마는 네가 꼭 바다로 돌아가기를 소원했고 그걸 아빠는 늘 타박했어. 일어나지 않을 일로 쓸데없는 생각을 하지 말라고. 그런데 아토. 엄마가 꿈꿨던 바다는 너의 자유였을 거야. 이 동물원의 수조에서 사람들에게 공연이나 보여주는 일생이 아니라 스스로 결정하고 헤엄치며 네가 스스로 먹을 것을 구할 자유. 비록 우리가 엄마의 소원처럼 바다로 돌아갈 수는 없겠지만, 아토. 너는 엄마가 꿈꿨던 그 자유만은 잊지 말아다오. 이것이 아빠가 너에게 마지막으로 들려주고 싶었던 말이란다."

"아빠…."

아빠의 말이 전부 다 이해가 가는 것은 아니었습니다. 다만 아토는 아빠의 말 한마디 한마디를 잊지 않기 위해 가슴에 새겼습니다.

"아토. 아빠는 내일 아침에 먼 곳으로 떠나게 될 거야. 그럼 우리는 다시 만날 수 없을 거야. 하지만 이것 하나만은 꼭 기억해 다오. 엄마 루나도, 또 아빠인 나도 아토 너를 많이 사랑한단다. 너는 내 사랑하는 아들이고…. 또 엄마는 널 위해 목숨을 던진…. 크윽….”

끝내 덴버 역시 참았던 눈물이 터졌습니다. 그런 아빠에게 아토 역시 얼굴에 볼을 비비며 함께 울었습니다.

“아토. 엄마와 아빠를 잊지 말아야 해…. 언젠가 저세상에서는 이런 모습이 아니라 바다에서 다시 만날 수 있게….”

그리고 다음 날 아침, 아빠 덴버는 떠났습니다. 사랑한다고, 잊지 말라는 말을 남기고 그렇게 떠난 것입니다. 아토 역시 그런 아빠를 향해 길고 긴 울음을 남겼습니다. 사람들은 덴버와 아토가 내지르는 울음소리에 “부자지간 이별이 슬퍼서 그런 건가”라며 웃었습니다. 정말 사람들은 모를 것입니다. 사람처럼 동물도 감정이 있다는 것을.

누군가가 가지고 있는 기억 속 한 사례도 그런 것입니다.

자신이 어릴 적, 집에서 개 세 마리를 키웠다고 합니다. 그런데 어느 여름철 복날에 그중 한 마리를 잡아 온 동네 사람들과 둘러앉아 마당에서 먹었다고 합니다. 그때 나머지 개들은 마당 한편에 쭈그리고 앉아 있었습니다. 그런데 그 일이 있고 난 후 남은 두 마리의 개들이 도통 밥을 먹지 않았다고 합니다. 그래서 아버지가 어머니에게 "개들이 밥을 먹게 생선 뼈다귀라도 구해서 먹여라"라고 했다는데 그런데도 개들은 한동안 먹이를 거부한 채 슬퍼했다는 것입니다. 이처럼 동물도 감정을 가지고 있습니다. 다만 그들이 흘리는 눈물과 가슴에 고인 슬픔을 사람만 알아보지 못할 뿐입니다.

34

그때였습니다. 종안이가 아토에게 그동안 있었던 일들을 듣고 있는데 갑자기 등 뒤에서 인기척이 들렸습니다.

"종안아. 청소는 다 했니?"

사무실로 올라갔던 조련사 아저씨와 아빠가 공연장 무대로 돌아온 것입니다. 그러면서 아빠는 종안이가 청소를 다 했나 물었습니다. 그런데 종안이는 아토와 이야기하다 보니 빗자루 한번 들지 못했으니 이를 어쩌죠.

"네? 지금 하려고요."

당황한 종안이가 뒤를 돌아보며 대답하자 웃음소리가 터져 나왔습니다. 조련사 아저씨와 아빠가 동시에 웃음을 터뜨린 것입니다.

"종안이가 아토하고 노느라 청소하는 건 까맣게 잊어버렸구나. 하하하."

어찌 알았을까요. 종안이는 속마음이 들킨 것 같아 뒤로 돌아 아토를 바라봤습니다. 그런데 어느새 아토는 물속으로 사라진 후였습니다.

"자. 그럼 오늘은 이만 집에 가야겠네. 아저씨 일하셔야 하는데 더 이상 폐 끼치면 안 되니까 오늘은 그만 집에 가자. 종안아."

35

"아빠. 저 오늘도 아토하고 말했어요."

"그래? 오늘은 또 무슨 말을 했는데?"

여전히 아빠는 종안이의 말을 믿지 않는 눈빛이었습니다. 그런 아빠의 눈빛을 알아챈 순간, 종안이는 입을 삐쭉 내밀며 다시 뒷좌석으로 털썩 물러앉았습니다. 그런 종안이가 귀여운 아빠는 "어. 그래. 미안하다. 종안아. 그랬구나. 오늘은 무슨 말을 했을까? 아토가 뭐라고 하던?"이라며 다소 과장된 말과 몸짓으로 사과했습니다.

그러자 잠시 삐져있던 종안이는 이내 아빠에게 다가서며 아토에게 들은 그간의 사정을 전했습니다. 처음엔 무슨 소리인가 하던 아빠도 점점 종안의 이야기에 빠져들기 시작했습니다. 그렇게 집에 도착하기 전까지 종안이의 말은 쉴 틈이 없었습니다. 하나라도 더 정확하게 아토로부터 들은 이야기를 아빠에게 전하기 위해 종안이는 아주 열심히 설명했습니다.

"이야 종안이. 정말 대단하다. 지금까지 들은 이야기를 정말로 아토에게 들었다는 거야? 우리 종안이가 나중에 이 이야기로 책을 쓰면 아주 대박이 나겠어. 하하하."

"참나. 아빠!"

종안이는 소리를 빽 질렀습니다. 그렇게 열심히 아토의 사정을 전했는데 다 듣고 난 아빠의 태도가 농담이라니. 그야말로 실망스러운 일이었습니다. 그런데 생각해보니 또 그랬습니다. 도대체 돌고래와 사람이 대화를 나눴다니, 이걸 누가 믿어줄까요? 종안이는 아빠 입장에서 생각하는 것이 맞겠다고 이내 생각했습니다.

"아빠. 그래서요. 아빠가 믿든 아니든 제가 부탁하고 싶은
일이 하나 있어요."

"그래? 그게 뭔데?"

차는 어느새 아파트 동 입구에 도착했습니다. 아빠는 얼
굴에 옅은 미소를 머금고 종안의 말에 화답하며 사이드 브
레이크를 당겼습니다. 그러자 종안은 자동차 뒷좌석에서 운
전석 쪽으로 바짝 얼굴을 들이대며 말했습니다.

"아빠가 아토 소원 좀 들어주세요."

"아토 소원? 그게 뭔데?"

"아토를 바다로 보내주시는 거예요. 네?"

"뭐라고? 아토를 바다로? 말도 안 돼."

어처구니없다는 듯 아빠는 운전석 문을 열고 밖으로 나왔습니다. 그러자 종안이 역시 뒷문을 열고 아빠에게 달려들며 말했습니다.

"아빠. 제발요."

"아빠가 무슨 수로 아토를 바다에 보낸다는 거야? 자. 다음에 아토 보러 가고 싶으면 그때 또 가고 오늘은 이제 그만. 이야기는 재미있는데, 그만 동화에서 깨어나세요."

아빠는 종안이의 말을 뒤로하고 아파트 건물 입구로 들어섰습니다. 그러자 종안이는 입을 또 삐쭉 내밀며 그 자리에 서 있습니다. 아빠는 뒤를 돌아보며 종안이에게 손짓했습니다. 그래도 움직이지 않자 결국 종안이에게 되돌아온 아빠는 어린 종안이를 두 손으로 냉큼 들어 안았습니다. 그리곤 밝은 웃음소리로 집을 향하는 아빠 품에서 종안이는 저녁 석양이 지는 하늘을 바라봅니다. 따스한 5월의 하늘이 지고 있었습니다.

36

"또 무리했네요. 체력 소모가 너무 많아서 아이 심장에 과부하가 걸린 겁니다."

병원 응급실에 종안이가 누워있습니다. 사색이 된 아빠는 마치 물을 뒤집어쓴 것처럼 온몸이 땀으로 범벅이 되었습니다. 의사와 간호사는 연신 종안이의 체온을 재며 작은 링거병의 수액 양을 조절하고 있었습니다.

"괜찮을까요…. 선생님?"

"음. 잠시만 좀…. 제 방에 가서 이야기하시는 게…."

침통한 표정으로 서 있던 의사의 말에 아빠는 두려운 마음으로 따라나섰습니다. 지난번에도 동물원에 다녀온 후 종안이가 열이 올라 병원을 왔는데 이번에도 또 이런 일이 벌어질 줄은 예상하지 못했던 것입니다. 종안이가 아무리 졸라도 끝까지 반대해야 했었는데 지금에서 후회해봐야 무슨 소용이 있을까요? 아빠는 의사 뒤를 따라가며 마치 선생님에게 혼나러 교무실로 가는 것 같은 기분이었습니다.

"종안이 아버지. 이런 이야기를 하기가 좀 그렇지만…. 아무래도 이젠 정말 마음의 준비를 하셔야 할 것 같습니다."

"네?"

"어찌할 방법이 더 없는 것 같습니다. 충전되지 않는 배터리라고 할까요? 종안이의 심장이 더는 버틸 여력이 없는 것 같습니다. 그러니…."

"안됩니다. 선생님. 부디 제발…. 이제 열 살밖에 안 된 아이인데 어떻게…. 제가 다시는 선생님 말씀 어기지 않겠습

190

니다. 그러니 제발…."

아빠는 의사 선생님에게 머리를 조아리며 울먹였습니다. 그렇게 울먹이며 말하는 종안이 아빠의 모습을 보며 의사는 아무런 말도 못한 채 그저 바라만 볼 뿐이었습니다.

"죄송합니다. 저도 이 말을 하기까지 고심을 많이 했습니다. 그런데 지난번에도 말씀드렸지만 이젠 마음의 준비를 하셔야 할 것 같습니다. 현대 의학으로도 한계가 있습니다. 사실 여기까지 온 것도 다 지극한 아버님 정성 덕분입니다. 그런데 이제는 인정해야 하지 않을까 싶어서…. 더 이상 입원을 해도 의학적으로 해 드릴 수 있는 치료가 없습니다. 그러니 남은 시간 동안 따님과 함께 아름다운 추억을 많이 만드는 것이 더 좋은 선택일 것 같습니다."

"안됩니다. 선생님. 뭐라도 해주세요. 부탁입니다."

아빠는 다시 한번 의사의 손을 붙잡고 애원했습니다. 하지만 의사는 조용히 그 손을 놓으며 괴로운 표정으로 방을 나갔습니다. 의사가 나간 후 아빠는 머리를 손으로 감싸 안은 채 울었습니다. 아내가 떠나던 날, 아내는 마지막 숨결을 내려놓으며 종안이를 부탁했습니다. 한때는 그런 종안이가 미워지기도 했습니다. 아이만 아니었다면 아내가 세상을 떠나는 일도 없었을 것이라는 마음이 들었기 때문입니다. 그래서 아내가 그립고 서러울 만치 사무치게 보고 싶을 때마다 아빠는 종안이가 미워지려는 마음마저 들기도 했습니다.

그런데 어느 날, 아빠는 종안이의 얼굴에서 아내를 봤습니다. 아내의 미소가 종안이의 웃는 얼굴에 그대로 담겨 있는 것이 아닌가요. 그제야 아빠는 아내를 지키지 못했다는 죄책감에서 조금은 편해질 수 있었습니다. 아내는 떠났지만, 아내가 남긴 종안이를 잘 지키는 것이 아빠이자 남편인 자기가 할 일이라고 여긴 것입니다. 그런데 이제 그런 종안이마저 지키지 못할 상황이 닥친 것입니다. 그럼 이제 무엇을 해야 하나. 어찌해야 할까. 아빠는 방향을 잃은 마음이었습니다.

37

"아빠. 정말로 의사 선생님이 괜찮다고 그랬어요?"

"그래. 이젠 더 이상 병원에 오지 않아도 된다네. 우리 종
안이가 약도 잘 먹고 밥도 잘 먹으니 의사 선생님이 이젠 오
지 말래."

6월의 맑은 날, 종안이와 아빠는 병원을 나섰습니다. 의사
와 간호사가 이례적으로 병원 문 앞까지 나와 배웅을 해줬
습니다. 아빠는 의사와 눈빛으로 마지막 인사를 나누며 종
안이를 안아 차에 태웠습니다. 조금 전, 의사와 나눈 말이 여
전히 가슴에 맴돌았습니다.

"종안이 아버님. 종안이가 하고 싶은 일을 하게 해주세요. 맛있는 음식도 먹고 또 가고 싶다는 곳도 가시고. 아마도 시간이 많지는 않을 것 같습니다. 이런 말씀을 드려 담당 의사로서 송구할 뿐입니다. 죄송합니다."

"아닙니다. 선생님. 그동안 진심으로 고마웠습니다. 그리고…. 너무 늦지 않게 말씀해 주셔서 오히려 고맙습니다."

"죄송합니다."

의사는 연신 머리를 숙였습니다. 종안이가 태어난 후 내내 종안이의 병을 살펴봐 줬던 의사였기에 더욱 그랬습니다. 그 세월이 어느덧 10년이었습니다. 아빠만큼 종안이를 아는 사람이 있다면 그것은 아마도 의사 선생님이었을 것입니다. 어린 종안이에게 엄마의 심장병이 유전되었다는 것을 알고 난 후 의사 선생님은 내내 최선을 다했습니다. 하지만 병세를 늦출 수는 있어도 그 병을 완벽하게 치료할 수는 없었습니다. 이것이 의사가 할 수 있는 최선의 결과였음을 아빠도 알기에 달리 할 말이 없었던 것입니다. 의사 선생님은 마지막으로 아빠의 손을 잡았습니다. 울컥. 순간 아빠의 눈에서 눈물이 흘렀습니다.

"힘내세요. 종안이 아버님도 최선을 다하셨습니다. 제가 압니다. 종안이가 행복하게 지닐 추억을 남기세요. 그래야 종안이도 행복할 겁니다."

"네. 선생님. 그만 가보겠습니다."

종안이와 아빠가 탄 차가 병원 입구를 떠나 시야에서 완전히 사라질 때까지 의사 선생님과 간호사는 손을 흔들었습니다. 종안이는 그런 의사 선생님과 간호사 언니들에게 연신 손을 흔들었습니다. 그렇게 멀어져 가는 종안이가 남긴 말이 생각난 의사는 자꾸만 목이 멥니다. 아빠가 그만 가자는 말에 종안이는 미소 지으며 의사 선생님의 한쪽 다리를 끌어안고 말했습니다.

"저, 이제 다시는 병원에 안 올 거예요. 절대⋯."

의사 선생님은 끝내 고쳐주지 못하고 떠나보내는 종안이를 생각하며 발걸음이 떨어지지 않았습니다. 그래서 종안이가 사라진 길을 하염없이 바라보고만 있을 뿐이었습니다. 의사라는 직업이 참 원망스러운 날이었습니다.

38

"종안이. 이제 뭐 하고 싶어?"

병원을 나온 아빠는 종안이에게 물었습니다. 하지만 별 대꾸가 없는 종안이를 보며 아빠는 다시 물었습니다.

"종안아. 우리 그럼 아토 보러 갈까?"

"아니요."

"어? 왜? 종안이 아토하고 친하잖아? 그런데 왜 안가?"

뜻밖의 거절에 아빠는 자동차 백미러로 뒷좌석에 앉은 종안이를 바라봤습니다. 그러자 종안이가 또다시 입을 삐쭉 내밀고 말을 하지 않았습니다.

"그러면 종안이가 원하는 게 뭔데?"

그러자 종안이는 냉큼 아빠 앞으로 다가서며 말했습니다.

"지난번에 아빠한테 말한 거요."

"뭐? 아⋯. 아토를 바다로 보내 주자고 한 거? 그건 안 되고. 다른 거 말해봐. 아빠가 다 들어줄 테니까."

"싫어. 아빠. 나 말 안 할래요."

"종안아. 아빠도 네 부탁이라면 다 들어주고 싶지만 아토를 바다로 보내는 건 아빠가 할 수 있는 일이 아니야. 할 수 없는 일을 해달라고 하면 아빠가 어떻게 하니? 자꾸 그러면 안 돼."

그때였습니다. 어린 종안이를 설득하기 위해 아빠가 차분히 설명하는데 울먹이는 종안이 목소리가 들려왔습니다.

"아빠. 저도 알아요. 제가 아빠에게 이런 부탁을 하면 안 된다는 거. 그런데 아빠. 제 마지막 소원이에요."

마지막 소원. 무심결에 쓴 단어겠지만 울먹이는 종안의 말에 아빠는 가슴이 꽉 막혀왔습니다. 아빠는 급하게 가장자리로 차를 세웠습니다. 잎사귀가 무성해진 가로수 그늘에서 아빠는 몸을 돌려 종안이에게 되물었습니다.

"마지막 소원?"

"네. 아빠. 사실은 저, 아빠하고 의사 선생님이 이야기하는 거 다 들었어요. 병원에 다시 오지 않아도 된다는 거…. 그런데 아빠, 제 꿈이 뭔지 아세요?"

아빠는 종안의 말에 말문이 막혔습니다. 그러자 종안이가 아빠를 끌어안으며 말을 이어갔습니다.

"아빠. 전 친구들이 없어요. 태어나서 단 한 번도 친구를 사귀어 볼 기회가 없었어요. 그래서 저는 친구들하고 학교 운동장을 맘껏 뛰어 보는 게 가장 큰 소원이었어요. 숨이 차도록 마음껏 달려보고 싶었거든요. 그런데 전 알아요. 그건 제가 할 수 없는 일이라는 걸. 그래서 아토가 제 꿈을 대신 이뤄줬으면 좋겠어요. 엄마 돌고래가 아토를 보며 꿈꿨던 바다. 그 바다에서 아토가 저 대신 마음껏 헤엄치고 자유롭게 살아가는 그 꿈을…. 그렇게만 된다면 저도 행복할 것 같아요. 비록 제가 뛰지는 못해도 저 대신 아토가 바다를 헤엄칠 수 있도록 아빠가 도와주세요. 네?"

울먹이며 말을 이어가던 종안이 마침내 엉엉 소리를 내며 서럽게 우는 모습을 보며 아빠는 가만히 종안이를 안아 주었습니다.

"그랬구나. 그랬구나. 그랬었구나."

아빠는 그동안 종안이가 왜 있지도 않은 아토 사연을 만들어 자신에게 전했는지 그제야 이해가 갔습니다. 자기가 하고 싶었지만 할 수 없었던 꿈. 그 꿈을 대신 아토가 이루게 하고 싶다는 종안이의 말이 아빠 가슴에 그대로 닿은 것입니다.

"종안아. 좋아. 그럼 아빠가 네 소원대로 아토를 바다로 보내줄게. 약속할게."

39

"저, 선생님. 잠시만 이야기 좀 할 수 있을까요?"

동물원 앞. 오늘도 은정이는 목에 종이 피켓을 매고 1인 시위에 나섰습니다. 은정이가 동물원 인사위원회를 통해 파면 처분을 받은 지도 어느덧 1년이 지나가고 있었습니다. 직장 내 소란 행위 및 위계질서 문란, 명령 불복종, 그리고 근로 계약 위반 등을 사유로 인사위원회에 넘겨진 은정이는 적극적으로 소명하며 반발했지만 결과는 달라지지 않았습니다. 파면 처분된 은정은 법원에 징계 처분 취소를 요구하는 소송을 내는 한편 매일 동물원 앞에서 1인 시위에 나섰습니다.

"생명의 존엄성을 짓밟는 잔인한 동물 공연, 반대합니다!"

하지만 시간이 지나면서 은정도 지쳐가기 시작했습니다. 처음엔 동물원 측에서도 1인 시위에 신경을 쓰더니 시간이 지날수록 무뎌져 가고 있었습니다. 그래서 이젠 서로가 서로에게 지쳐가면서 기계적이고 일상적인 1인 시위로 변해가면서 은정의 시위를 바라보는 관람객의 반응도 제각각이었습니다. 어떤 이들은 지지한다며 응원을 보내기도 했지만 또 누군가는 "동물원 앞에서 이게 뭐하는 짓이냐"라는 부정적인 반응을 보였습니다. 또 어떤 이들은 "동물원에도 좌파 운동권이 있네"라는 식의 모욕적 표현도 서슴지 않았습니다. 이런 야박한 반응에 은정은 비참한 마음이 들기도 했습니다.

하지만 은정은 물러서지 않겠다며 다시 한번 마음을 다잡았습니다. 더 이상 동물원에서 학대받는 동물이 없도록 하는 것, 그것이 진실로 동물을 사랑한다며 자부해온 자신이 할 역할이라고 생각한 것입니다. 덴버가 왜 그날, 그런 난폭한 행동을 한 것인지 조련사인 은정만은 정확히 알고 있기 때문입니다.

다름 아닌 '사람' 때문이었습니다. 사람들이 돈을 벌기 위해 불법으로 동물을 포획해 왔고 이후 공연을 보여주기 위해 강압으로 고통을 준 결과가 결국 덴버 사건을 만든 것입니다. 이는 결코 동물에 국한된 비극이 아닙니다.

그저 흥미롭게만 여겼던 동물원 역사를 생각해보니 더욱 그랬습니다. 이른바 '인간 동물원'에 대해 알고 있으신가요? 동물을 전시하며 돈을 버는 것처럼 아주 오래전, 강대국은 다른 나라를 침략한 후 그 나라 원주민을 납치하여 끌고 갔습니다. 그리고 그렇게 끌고 간 사람들을 이른바 'Human Zoo', 즉 '인간 동물원'에 전시한 것입니다. 인간 동물원을 만든 기원은 더욱 잔인합니다. 19세기에 들어서면서 동물원은 그야말로 선풍적인 인기를 끌었습니다. 하지만 그런 인기도 차츰 시들어가자 동물원을 운영하던 자들은 더욱 기묘한 영업을 구상하게 됩니다.

바로 인간 동물원이었습니다. 유럽의 백인들이 아시아와 아프리카 원주민을 납치하여 자국으로 끌고 온 후 동물원 우리에 가둔 채 구경거리로 전시한 것입니다. 그래서 사람을 구경하기 위해 사람들이 돈을 냈고 놀랍게도 이러한 일이 1958년까지 존재했습니다. 믿기 어려운 끔찍한 일들이 돈벌이 수단으로 벌어진 것입니다. 지금까지 알려진 사실에 의하면 인간 동물원을 만든 효시는 아메리카 대륙을 처음 발견한 탐험가, 콜럼버스였다고 합니다. 신대륙을 발견한 증거로 삼고자 그곳에 살고 있던 인디언 6명을 납치, 스페인 왕실로 끌고 가 이들을 선물로 바쳤고 당시 스페인 왕실은 이들 인디언을 사람들 앞에 구경거리로 전시한 것입니다. 이때가 1492년. 이후 자신들과 다른 외모의 사람들을 잡아 와 인간 동물원에 전시하는 것이 유럽 백인들 사회에서 큰 인기를 끌게 된 것입니다. 사람처럼 생긴, 그러나 자기들과 다른 피부색과 외모를 가진 사람을 동물처럼 여기며 그들의 행동 하나하나에 웃고 떠든 것입니다.

그리고 이후 어찌 되었을까요. 돈벌이 수단에 불과했던 그들은 백인 주인에게 같은 인격체를 가진 존재일 수 없었습니다. 음식은 형편없었고 겨울이 와도 충분한 옷을 주지도 않았습니다. 아파도 제대로 된 치료를 해주지 않았으며 비용이 많이 드는 것은 아무것도 해주지 않았습니다. 결국, 열악한 환경에 방치된 원주민들이 하나둘 인간 동물원에서 쓰러져 끝내 목숨을 잃었습니다.

하지만 그렇게 죽어간 사람들은, 죽어서도 사람으로서의 예우를 받지 못했습니다. 마치 오늘날 동물원에서 죽어간 동물처럼 사람들의 시신 역시 죽어서도 인간 박제로 만들어져 또 전시되었습니다. 더러는 본인의 뜻과 상관없이 해부학 재료로 의과대학에 보내지는 참담한 일도 겪어야 했습니다.

그렇다면 우리나라의 경우는 어떠했을까요. 우리나라 사람들 역시 이 불행한 일을 비껴가지 못했습니다. 도포를 입은 남자, 그리고 저고리와 치마를 입은 조선의 여인이 유럽의 인간 동물원에 전시된 기록이 남아 있습니다. 그리고 이렇게 갇힌 그곳에서 사람들은 돌고래와 전혀 다르지 않은 공연도 했다고 합니다. 서커스 같은 쇼 말입니다. 1958년 벨기에 국가에서 마지막으로 인간 동물원이 사라지기 전까지 운영되었다는 사실에 은정은 그야말로 큰 충격을 받았습니다. 이런 비극적인 사실을 그때는 그저 흥미로운 일로만 여긴 것입니다. 그리고 그런 야만이 과거에 존재했다는 정도로만 여겼을 뿐입니다.

그런데 잊었던 그 기억을 다시 떠올린 것은 은정이 그간 경험한 루나의 죽음과 덴버의 분노를 본 다음이었습니다. 사람과 동물이 다르다고 생각한 자신의 이중적인 태도가 얼마나 부끄러운 일인지 깨닫는 계기가 된 것입니다. 처음 은정은 동물원 행정부서와의 갈등이 이렇게까지 벌어지리라 생각하지 못했습니다. 서로가 대화를 통해 잘 해결할 수 있다고 여겼습니다. 하지만 그것이 아니라는 것을 깨달아 가면서 은정은 과거 백인들이 원주민을 바라보는 시각이 무엇이었는지 알게 된 것입니다.

'동물은 동물일 뿐, 그 이상도 이하도 아니다'.

이것이 바로 그들의 생각이었던 것입니다. 동물에게 무슨 가족이 있으며, 사랑이 있고, 그리움이 있으며, 슬픔이 있겠나 싶은 겁니다. 고기가 먹고 싶으면 소를 잡으면 되고 그 소를 잡으면서 나온 내장 등 부산물을 미국에서는 다시 기르던 소에게 먹이고 있다 합니다. 그런 야만이 효율적인 관리 비용으로만 표현될 뿐, 해서는 안될 일이라고 말하면 이념적인 공격을 당하는 것이 엄연한 현실입니다. 은정이 주장하는 동물의 권리 역시 세상에서는 그렇게 해석될 뿐이었습니다.

그런 은정에게 처음 조련사가 되겠다는 꿈과 달라진 확신이 있다면 이것입니다. 동물원 측과 맞서며 시작한 1인 시위의 시간이 지날수록, 힘들고 고통스럽다는 생각이 깊어질수록 마음속 깊은 곳에서 들려오는 소리가 있었습니다.

'동물을 사랑한다면 동물원은 없어져야 한다는 것'입니다. 동물은 자유가 존재하는 상황에서는 이상행동을 하지 않습니다. 하지만 동물원에서 하루 종일 같은 행동을 반복하는 동물은 이미 정신적으로 건강한 상태가 아닙니다. 하루 종일 벽을 핥고 있는 기린. 하루 종일 같은 모양으로 같은 자리를 빙빙 돌고 있는 호랑이. 그리고 늑대임에도 마치 커다란 시베리안 허스키처럼 늘어져서 아무런 미동도 하지 않은 채 누워있는 모습 역시 이미 본능을 잃은 동물의 아픈 모습입니다.

그러한 동물원에서 사람들은 자신도 모르는 가운데 동물들을 공격하고 있습니다. 가만히 있는 동물에게 자극을 줘서 움직이게 한다고 사람들은 소리도 지르고 심지어 나뭇가지 등을 이용하여 몸을 쿡쿡 찌르기도 합니다. 또는 번쩍거리는 플래시를 작동시켜 야행성 동물인 박쥐의 모습을 촬영하기도 하며 코끼리에게는 랩이 씌워진 바나나를 던져 주기도 합니다. 그렇게 던져 준 바나나를 먹은 코끼리의 위 속에는 랩 비닐이 그대로 남아 언젠가 죽게 되는 이유 중 하나가 됩니다. 그렇게 해서 수많은 동물이 동물원 우리 안에서 죽어가고 있습니다.

하지만 이처럼 사람들의 탐욕과 재밋거리로 전락하여 죽어가는 동물에게 사과하는 사람은 아무도 없었습니다. 불법적인 방법으로 동물을 사면서 들어가게 된 비용만 계산할 뿐, 동물은 그저 동물이기 때문입니다. 마치 인간 동물원에 전시된 사람들에게 두꺼운 방한복을 주지 않아 동사하게 한 그 시절 유럽 백인들의 야만과 무엇이 다를까요.

은정은 이제라도 이 잔인한 야만 행위를 중단시켜야 한다고 결심했습니다. 그래서 비록 당장은 이길 수 없겠지만 자신만이라도 권리를 말할 수 없는 동물들을 대신해 싸워야겠다는 마음을 다졌습니다.

'끝까지 저항하겠다'.

그것이 은정의 결심이었습니다. 그런 마음으로 1인 시위를 이어가고 있던 어느 날 은정에게 종안이 아빠 진수가 찾아온 것입니다.

"네. 무슨 일 때문에 그러시죠?"

낯선 남자의 접근에 약간은 긴장한 은정이 몸을 뒤로 주춤 빼며 대꾸했습니다. 이전에도 동물원 측에서 사람을 보내 위협한 적이 있기에 은정은 낯선 남자에 대한 경계심이 발동한 것입니다.

40

"글쎄요. 그게 가능할까요? 그렇게만 된다면…. 저도 적극적으로 돕고 싶어요."

은정과 진수가 카페에서 마주하고 있습니다. "잠시만 좀 뵙고 싶다"라는 진수의 말에 함께 하게 된 자리였습니다. 이 자리에서 진수는 그간 딸 종안이에게 전해 들은 말들을 꺼냈습니다. 처음 돌고래 공연장을 찾아가게 된 날부터 지금까지 있었던 일의 전부였습니다. 또 아이를 선택하기 위해 자기 목숨을 내놓은 아내 이야기와 남겨진 종안이. 그렇게 해서 이후 종안이가 아토에게 들었다는 사연들까지.

"황당한 이야기로 들리시겠지만…"이라는 서두로 시작된 아토 사연은 낯선 남자를 만나 경계하던 은정과의 벽을 허무는 데 결정적 힘이 되었습니다. 처음엔 거리감을 두었던 은정이 점점 진수의 입장으로 다가서게 된 것입니다. 정말 신기하고 놀라운 사실 때문입니다. 바로 종안이가 아토에게 들었다며 전하는 사연들이 놀랍게도 그간 자신이 알고 있었던 이야기와 완벽하게 일치한다는 점이었습니다.

루나와 덴버가 동물원으로 오게 된 사연, 그리고 이후 그들이 사랑하게 되고 또 그 사이에서 새끼 돌고래인 아토가 태어난 배경 등 정말이지 믿기지 않을 정도로 세세한 사연을 들으며 은정은 놀라지 않을 수 없었습니다.

"정말, 이 이야기를 따님이 아토에게 직접 들었다는 건가요?"

"네. 맞아요. 종안이가 제게 해준 이야기인데…. 저도 어디서부터 어디까지 믿어야 할지 모르겠지만…."

"그래요? 정말 믿기 어려운 이야기인데…. 적어도 지금 들은 이야기는 실제로 아토 가족 사연이 맞아요. 어떻게 이런 일이 있는지 정말 놀랍네요. 하하."

이번엔 진수가 놀랐습니다. 이 모든 말들이 사실이라는 은정의 말을 믿을 수 없었기 때문입니다. 그렇게 두 눈이 동그랗게 커진 진수에게 은정은 이전과 다르게 다가서며 말을 꺼냈습니다.

"그보다도…. 아토를 바다로 돌려보내는 데 제가 도움이 된다면 무엇이든 돕고 싶어요. 특히 아토는 엄마 루나가 죽고 덴버까지 팔려가서 더 이상 동물원에 있을 이유가 없어요. 영원히 동물원에서 살다가 죽게 놔둘 수는 없지요. 그럴 수만 있다면…. 정말 아토가 바다로 가면 좋겠네요."

41

진수가 은정이의 존재를 떠올린 것은 종안이가 말한 '마지막 소원'을 들어 주기 위해서였습니다. 의사는 "종안이에게 남은 시간이 얼마나 될지 알 수 없을 정도"라고 했습니다. 이제 선택할 시간도 많지 않은 것입니다. 그래서 진수는 종안이의 마지막 소원을 들어주고 싶었습니다. 물론 종안이의 말을 믿는 건 아니지만 이젠 그것이 중요한 일도 아니었습니다. 종안이가 원하는 것, 그것을 들어주고 싶은 마음뿐이었기 때문입니다.

하지만 동물원의 내부 구조도 잘 모르고 또 누군가의 도움 없이는 아토 구출 방식이 없다는 생각에 떠오른 사람이 있었습니다. 바로 조련사 은정이었습니다. 처음 동물원을 간 날, 그때 입구에서 1인 시위를 하던 여자 조련사를 본 기억이 난 것입니다. 동물의 권리를 위해 싸우는 사람이니 아토를 구출하려고 하는 자신의 계획에 공감해 주지 않을까 생각한 것입니다.

다행히도 진수의 기대는 틀리지 않았습니다. 하지만 은정의 승낙에도 진수의 마음은 편하지 않았습니다. 계획이 성공한다면 그다음에 감당해야 할 고통이 너무도 분명했기 때문입니다. 형사처벌 말입니다. 이런 험난한 일에 생면부지인 은정에게 도움을 청하는 것이 과연 옳은 일인가 진수로서는 미안하기 그지없었습니다. 진수는 자신의 요청에 선선히 응하는 은정을 바라보며 잠시 침묵하다가 이내 말을 이었습니다.

"우리가 성공적으로 일을 마치고 나면 민형사상 문제로 어려움에 부닥칠 것 같습니다. 물론 민사상 문제는 제가 전부 책임을 지겠지만 형사처벌에 대해서는…."

진수의 말에 은정은 각오했다는 듯 입에 힘을 주며 말을 꺼냈습니다.

"괜찮습니다. 처벌이 무섭다면 이 일에 동참도 안 했습니다. 오히려 제가 해야 할 일에 먼저 나서 주셔서 고맙습니다. 저는 아토가 바다로 돌아갈 수만 있다면, 그래서 이번 기회를 통해 동물원에 갇힌 동물의 실태를 세상에 고발할 수만 있다면 그것으로 만족합니다. 처벌 같은 건…. 두렵지 않습니다."

진수는 그런 은정의 말이 너무 고마웠습니다.

"고맙습니다. 조련사님."

"뭘요. 아니라니까요. 자. 그럼 이제, 어떻게 하면 될까요?"

은정이 눈빛을 반짝이며 진수 앞으로 다가갔습니다.

"저는 최대한 빨리 아토를 바다로 보냈으면 해요. 딸아이도 언제까지 괜찮을지 모르는 상황이고 또 아토 역시 종안이 말에 의하면 빨리 바다로 가고 싶다고 하니….”

“그럼 내일 밤은 어떨까요? 저희 동물원은 직원들이 돌아가면서 당직을 서는데 마침 내일이 관리과 김 씨 아저씨 당직 날이거든요. 우리 동물원에서는 유명한 이야기인데 이 아저씨는 당직 날이면 사람들과 술을 마셔서 늘 말썽이거든요. 그런데 동물원장과 특별한 관계여서 그 버릇을 고치지 못해 늘 문제인데 이왕이면 그분 당직 날이 좋을 것 같아요.”

“아. 그럼 되겠네요.”

“그런데요….”

“왜요?”

걱정스러운 문제가 있는 듯 미간을 좁히는 은정을 보며 진수가 반문했습니다.

"수조에서 아토를 데리고 나오면 그다음엔 어떻게 바다까지 데려가죠?"

"아. 그거는 걱정하지 마세요."

진수는 빙그레 웃으며 은정에게 말했습니다.

"뭔가 방법이 있으세요?"

"사실은 제가 활어 수송하는 일을 했거든요. 그 활어차의 뚜껑을 떼 내면 아토 정도는 충분히 옮길 수 있을 거예요."

그제야 은정은 환하게 웃었습니다. 가장 어려운 문제가 해결되었으니 이제 아토를 동물원에서 탈출시키는 일만 하면 되는 것이었습니다. 두 사람은 그제야 비로소 서로를 보며 미소 지을 수 있었습니다.

"쉿…. 조용히."

　어두운 밤, 한적한 동물원은 그야말로 적막으로 가득 찼습니다. 때마침 초승달만 덩그러니 하늘에 떠 있을 뿐 주변은 어두움으로 흔들렸습니다. 이따금 사육장의 동물들이 내는 울음소리만 그 적막을 깰 뿐 한낮에 인파로 붐비던 동물원과는 딴 세상이었습니다.

　은정과 진수는 그런 적막함 속에 라이트를 끈 활어차를 이동하여 아토가 있는 공연장 쪽으로 움직였습니다. 은정의

예상처럼 김 씨 아저씨는 당직 사무실이 있는 본관에서 술 판을 벌이고 있었습니다. 오늘 밤만은 그런 김 씨 아저씨에게 고마운 마음마저 들 정도였습니다. 그렇게 조심스럽게 움직이기를 얼마나 되었을까. 마침내 진수와 은정은 돌고래 공연장의 문 앞에 다다를 수 있었습니다.

'철컥'. 은정은 파면당하면서 미처 반납하지 못한 공연장의 열쇠를 꺼내 육중한 자물쇠를 돌렸습니다. 그러자 자물쇠는 별다른 저항 없이 부드럽게 돌아가면서 반쯤 잡아먹고 있던 쇠를 토해내며 문을 허락했습니다. 이제 아토가 있는 곳으로 들어갈 수 있습니다.

아주 오랫동안 익숙했던 곳, 그리고 아주 오랫동안 꿈꿔 왔던 동물 조련사의 꿈을 이룬 곳, 그래서 처음 동물원에 발령을 받으며 인생에서 가장 기쁜 추억을 가지게 된 그곳에서 은정은 생각지도 않은 일을 하고 있는 것입니다.

정말 이 방법밖에 없었을까. 사실은 진수를 만나고 돌아오면서 은정은 내내 자신이 결정한 그 일이 과연 옳은 것인지 다시 생각해보지 않을 수 없었습니다. 그리고 그 결과로 앞으로 자신이 감당해야 할 일이 두렵지 않았다면 그것은 거짓말일 것입니다. 어떤 처벌을 얼마나 받을지, 그리고 그로 인해 부모님과 자신의 형제들이 겪을 상처와 고통은 또 얼마나 될지 솔직히 겁이 났던 것도 사실입니다.

하지만 꼬박 밤을 새우며 내린 결론은 다르지 않았습니다. 이제 남은 것은 하나였습니다. 은정은 진수의 간곡한 청을 외면할 수 없어서 한 편이 된 것은 아니었습니다. 더구나 아빠인 진수조차도 믿지 못할 아이의 말 때문에 이 위험한 일에 동참한 것도 아니었습니다. 은정은 자신의 희생을 통해 세상에 고발하고 싶었습니다.

동물원에서 돌고래가 사라진다면, 그래서 이전까지 듣도 보도 못한 사실이 언론을 통해 이슈화가 된다면 그것만으로도 큰 가치가 있다고 판단한 것입니다. 1인 시위를 아무리 오래 해도 바뀌지 않을 현실을 일거에 뜨거운 이슈로 만들 수 있다는 절박한 기대감이었습니다. 그것이 은정이 밤새 고민하다가 희뿌옇게 밝아오는 새벽 아침 햇살을 보며 내린 결론입니다.

이를 위해 도움을 요청한 사람들이 또 있었습니다. 바로 은정이 동물원 제도 폐지에 대한 확신을 가지면서 제 발로 찾아간 동물복지단체 회원들입니다. 막연하지만 어떻게 해야 할지 몰랐던 은정은 동물복지단체의 회원들과 함께하면서 큰 힘을 얻었습니다. 그래서 1인 시위를 하며 힘들 때는 그들의 도움으로 다시 일어서곤 했습니다. 그런 단체의 회원에게 아토의 사연을 전하니 모두가 흔쾌히 함께하겠다고 나섰습니다.

그래서 구체적인 계획을 세웠습니다. 육중한 몸매인 아토를 안전하게 구출하기 위해서는 사람의 힘만으로는 어렵습니다. 그러니 동물원에서 쓰는 지게차를 운전할 자격증을 가진 사람이 필요했습니다. 지게차를 이용하여 아토를 활어차까지 옮기면 가능하다는 결론이었습니다. 마침 회원 중에 그런 자격증을 가진 사람이 있었습니다. 그는 기꺼이 동참하겠다고 했습니다. 이제 만반의 준비를 마쳤습니다. 은정과 진수는 육중한 철문을 밀치며 마침내 공연장 내실 안의 수조 앞으로 다가갔습니다. 그런데 정말 신기한 일이었습니다. 마치 일행을 기다리고 있었다는 듯 수조 앞에 아토가 와 있는 것이 아닌가요.

"어머. 얘가 아토에요. 어쩜 우리를 기다리고 있는 것처럼 이렇게 마중을 나왔을까요?"

은정은 정말로 신기했습니다. 다른 돌고래와는 달리 아토만 인기척을 듣고 다가와 있었기 때문입니다. 이제 아토를 공연장 밖에 주차해 놓은 진수의 수조차까지만 데리고 가면 되는 일이었습니다. 일행은 준비한 계획처럼 일사불란하게 움직였습니다. 먼저 안전하게 넓은 들것에 사람들이 힘을 모아 아토를 감쌌습니다. 그런 후 모두 함께 힘을 써서 지게차 위에 아토의 몸을 얹었습니다.

이런 과정을 바라보고 있는 것은 동물원을 비춘 달빛이었습니다. 아무도 모르게 기적이 일어나고 있었던 것입니다. 엄마 루나가 불가능하다고 여겼던 그 일이 현실로 이어지고 있었습니다.

43

"아토. 여기가 바다야."

마침내 아토가 바다를 만났습니다. 밤새 달린 아빠의 활어차에는 진수와 종안이 타고 있었습니다. 동물원에서 은정과 동물복지단체 회원들과 헤어져 급하게 도망쳐 나온 것입니다. 마지막 순간 술에 취한 김 씨 아저씨가 동물원 안에 낯선 차량이 들어와 있는 것을 보고 다가오면서 그만 들통이 났기 때문입니다.

다급해진 은정과 동물복지단체 회원들이 김 씨 아저씨를 붙잡고 막아선 사이 진수는 종안이와 함께 속초로 향했습니다. 밤새 달리며 한시라도 빨리 아토를 바다로 돌려보내야 했습니다. 언제 경찰에 신고가 들어갈지 모르는 상황에서 아토를 바다로 돌려보내야 성공할 수 있기 때문입니다.

그리고 마침내 애간장을 녹이며 다다른 새벽녘 속초의 한적한 바닷가. 진수는 바닷물이 지나는 곳에 활어차를 세운 후 미리 잘라서 만든 수족관의 문을 확 열어젖혔습니다. 그러자 막혀있던 물과 함께 아토가 쏟아지며 이내 바다로 첨벙 빠져들었습니다. 그렇게 해서 마주하게 된 바다. 아토의 눈에 가득 눈물이 고였습니다.

'그래. 여기가 바로 엄마가 말하던 바다구나. 그리고 저 너머 멀리멀리 헤엄쳐 가면 엄마가 말한 태평양이고….'

바다는 아토가 태어나 성장한 동물원 수조에 비해 두 배, 세 배, 아니 수천, 수억 배보다도 더 컸습니다. 실제로 마주해보니 그제야 아토는 왜 엄마가 바다의 크기를 말할 수 없었는지 이해하게 되었습니다. 바다의 크기는 엄마에 대한 그리움만큼 넓었고 또 너무 컸기 때문입니다.

"아토. 이제 진짜 바다로 가. 지금부터 넌 마음껏 헤엄치고 자유롭게 살 수 있을 거야."

"고마워. 종안아. 그리고 널 영원히 잊지 못할 거야. 이 세상에서 유일하게 내 말을 들어준 네가 아니었다면 오늘의 기적은 없었을 테니까."

누군가의 귀에는 고작 '꺼억 꺼억' 하는 돌고래의 비명으로밖엔 들리지 않았겠지만, 허공으로 퍼지는 아토의 인사말은 종안이 마음에 와닿았습니다.

"생각해보면 그날 내가 너를 만날 수 있었던 것도 어쩌면, 내 엄마의 소원이 너를 통해 닿았기 때문일지도 몰라. 고맙다. 종안아. 안녕."

태평양 바다를 향해 이내 점프하던 아토는 잠시 후 가던 길을 돌아 해안에 서 있는 종안이를 향했습니다. 이른 새벽의 아침 해가 말갛게 위로 떠오르고 있을 때였습니다. 그렇게 다시 두어 번. 종안이는 아토가 자신의 시야에서 완전히 사라질 때까지 계속해서 바라봤습니다.

아주 먼 바다로, 마음껏 물결치며 힘차게 헤엄쳐 나가는 아토를 보며 종안이는 생각했습니다. 태어나 달려보지 못한 종안이. 그런데 이제 그 소원이 대신 이뤄진 것입니다. 아토가 헤엄치고 있는 모습을 보니 종안이가 행복한 마음을 느낀 이유입니다. 마치 자기가 내달리는 운동장처럼, 그런 마음으로 종안이는 아토의 자유로운 수영을 한없이 바라보고 있었습니다.

44

"아빠는 지금도 내 말 안 믿지?"

아토를 바다로 떠난 보낸 후 서울로 돌아오는 활어차 안.
종안이는 아빠 진수에게 물었습니다. 진수는 잠시 말문이
막혔습니다. 정말 나는 돌고래와 대화를 나눴다는 종안이의
말을 믿었을까? 그래서 바다로 가고 싶다는 그 소원을 들어
주기 위해 나선 것은 사실 아니었습니다. 아주 짧은 순간이
었지만 진수는 내면에서 이런 자문과 자답을 했습니다. 그
렇게 해서 찾은 말.

"아니. 믿어."

"피. 거짓말."

종안이가 작고 야무진 입술로 삐죽거리며, 그러나 예쁘게 웃으며 가벼이 타박했습니다.

"하지만 아빠가 아토를 바다로 보내줬으니 제 말을 믿었든 아니었든 용서할게요. 아빠. 고마워요."

"아냐. 종안아. 아빠가 고맙지. 아빠가 해줄 수 있는 일이 있어서 고마워. 그리고 이렇게 착하고 예쁜 종안이가 아빠 딸로 태어나 준 것도 고마워."

이 말을 하며 진수는 생각했습니다. 의사가 말한 종안의 시간은 이미 넘어선 지 오래. 과연 종안이에게 남은 시간이 얼마일지 아는 사람은 아무도 없었습니다. 종안이도 모르고 아빠도 모릅니다. 그 불확실한 시간 속에서 너무 늦지 않게 종안이의 소원을 들어줄 수 있었다는 것만이 그저 다행스러운 마음뿐이었습니다.

"아빠. 이제 아토는 행복할 거야. 그지?"

"그래. 우리 종안이 덕분에 아토는 자유롭게 살 수 있을 거야. 더 이상 엄마에게 미안하지도 않을 것이고….'

그때였습니다. 진수는 한 손으로 운전대를 잡고 다른 한 손으로 종안이의 손을 찾았습니다. 그러면서 말을 이어가려고 하는데 이내 잡은 종안이의 손이 밑으로 축 처지는 느낌이 들었습니다. 다급하게 차를 세운 후 종안이를 바라보니 종안이가 이미 거짓말같이 숨결을 내려놓은 것 아닌가요. 그랬습니다. "아빠. 이제 아토는 행복할 거야"라는 말을 마지막으로 종안이가 그렇게 조용히 떠나간 것입니다.

진수는 종안이의 손을 잡고 얼굴을 묻었습니다. 아무런 소리도, 표현도 없이 그렇게 잠시. 마치 정지된 화면처럼 미동도 없이 수 초의 시간이 흘렀을까. 그러다가 조금씩 흘러나오는 오열. 진수는 이미 생을 달리한 딸 종안이를 끌어안고 울었습니다. 10년 전 그때, 종안이를 남기고 홀로 떠난 아내 앞에서 울었던 그 날처럼 진수는 다시 한번 눈물을 흘

렸습니다. 어떻게든 종안이와 함께하고 싶었는데, 그렇게만 할 수 있다면 뭐든 다 하려 했는데 이젠 그 꿈이 모두 부서진 것입니다. 진수는 종안의 얼굴을 자신의 얼굴로 비비며 흐느꼈습니다.

한 점 한 점 아프고 슬픈 비명처럼 진수는 말했습니다.

"종안아. 다음에는 엄마, 아빠 다 있는 행복한 집에서 건강하게 태어나. 그래서 다시는 이렇게 헤어지지 말고 오래오래 살아다오. 아빠가 미안해. 널 지켜주지 못해서…. 정말 미안해. 미안해."

황량한 바람이 불어오는 44번 국도변에서 진수는 그렇게 딸 종안이를 떠나보냈습니다. 그리고 그 시각 수배 중인 진수의 활어차를 향해 경찰차가 다가오고 있는 것이 백미러를 통해 보였습니다. 그러나 진수는 개의치 않았습니다. 내가 할 일은 이미 다 했기에 나머지는 의미 없는 일이었기 때문입니다. 종안이를 안은 진수의 울음소리만 차 안에 퍼지고 있었습니다.

45

"피고 오진수, 입정하세요."

진수는 특수절도 등의 혐의로 검찰에 구속기소 되었습니다. 오늘은 첫 재판을 받는 날입니다. 푸른 수의를 입고 법정으로 출석하는 진수 옆으로 은정과 동물복지단체 회원 4명도 함께 법정에 섰습니다. 진수와 달리 다른 공범들은 다행히 구속 아닌 불구속 상태에서 재판을 받고 있었습니다.

예상처럼 아토가 동물원을 탈출하여 바다로 돌아간 후 이 문제는 전 국민적으로 이슈화가 되었습니다. 이들의 행위를 두고 찬반양론이 비등해지면서 처벌에 부담을 느낀 검찰이 일단 주범인 진수만 구속하고 나머지 피의자들은 불구속 기소를 했기 때문입니다. 법정에 들어서며 진수는 은정과 다른 이들에게 눈빛으로 인사를 나눴습니다. 은정은 자신도 재판을 받기 위해 법정에 왔으면서도 구속된 진수가 안쓰러워 가볍게 눈 맞춤으로 인사를 합니다.

"피고 오진수, 생년월일과 주소를 말하세요."

판사는 차례로 피고들의 신분을 확인한 후 모두 자리에 앉으라고 지시했습니다. 이어 검찰의 공소사실 제기 후 판사는 앉아 있는 진수에게 물었습니다.

"피고는 왜 변호인을 선임하지 않았지요? 제가 듣기로는 이은정 피고를 비롯하여 불구속된 다른 피고인의 변호사 선임도 다 피고가 했다고 하던데 정작 본인 변호인은 왜 선임하지 않는 겁니까?"

진수는 생각 밖 질문에 잠시 당황했습니다. 그런 질문을 판사가 할 줄은 예상치 못했기 때문입니다. 하지만 이내 담

담해진 진수는 천천히 입을 열었습니다.

"저는 제가 한 행위에 대해 합당한 처벌을 피할 생각이 없습니다. 다만 저를 돕기 위해 고난을 선택한 분들에게 제 인간적 도리를 다하고자 그런 것이고요. 다시 한번 밝히지만 저는 변호사 도움을 받지 않겠습니다."

"제가 오진수 피고에게 한 가지 묻고 싶은 게 있는데요. 혹시 본인의 행위에 대해 지금이라도 후회하거나 반성하는 생각은 가지고 있나요? 매우 중요한 문제이니 신중하게 판단하시고 말씀해 보세요."

진수는 판사를 바라보며 선 듯 입을 열지 않았습니다. 마치 뭔가를 생각하는 모습이었습니다. 그런 진수를 보며 다시 판사가 말을 했습니다.

"이 사건이 현재 많은 사회적 논란으로 이어지고 있다는 것은 피고도 익히 알고 있지요? 동물원 폐지와 관련한 사회적 찬반 의견이 언론을 통해 분출하고 있고 남아있는 돌고래 역시 바다로 돌려보내야 한다는 주장 역시 만만치 않게 제기되고 있습니다. 그런 점에서 본 재판부 역시 사건 자체로만 보면 유무죄 판단이 어려울 것은 없겠으나 사건 내면에 있는 또 다른 사정 역시 적극적으로 살펴볼 의무가 있다고 생각합니다. 그래서 피고가 이 건에 이르게 된 이유가 있는지 확인하려는 것입니다.”

진수는 그제야 말문을 열었습니다.

“사실은…. 딸아이에게 제가 준 것이 있었습니다.”

“예? 뭘 말이죠.”

“제 아내가…. 저에게 준…. 마지막 마음입니다.”

46

아내가 종안이를 낳고 3일 만에 세상을 떠나기 전, 진수는 아내에게 섭섭했습니다. 중환자실에서 의식이 돌아왔다고 했을 때 제일 먼저 아내가 찾은 사람이 자기가 아닌 장모님이었다는 사실 말입니다. 아이를 낳고 보니 엄마가 그리웠던 것일까? 아니면 결혼을 반대했던 엄마에게 결국 이렇게 된 것이 마지막 순간 너무 미안했기 때문일까?

여하간 의식이 돌아온 후 아내 수진은 제일 먼저 장모님을 찾았고 진수는 그 면회가 끝난 후에야 아내를 만날 수 있었습니다. 그리고 이어진 아내와의 아주 짧은 만남, 긴 이별. 그럴지도 모른다는 막연한 불안은 있었지만 그것이 현실이

될 줄은 몰랐기에 아내의 죽음 앞에서 진수는 장례 기간 내내 넋이 빠져있었습니다. 그런데 남들 눈에는 넋이 빠져있는 것처럼 보였지만 사실 진수는 내내 자신과의 대화에 빠져있었던 것입니다.

왜 아내를 좀 더 말리지 않았는지, 아기를 포기하라고 좀 더 다그쳤다면 이 비극을 피할 수 있지 않았을까 하는 후회. 그러면서 사실은 내가 아기 대신 아내를 포기한 것은 아닌지. 이런 생각에 미치니 아내 수진을 죽음으로 내몬 것은 바로 자신이 아닌가 책망하며 보낸 것입니다.

마지막으로 입관하며 보게 된 아내의 모습은 평안해 보였습니다. 숨이 떨어진 아내는 마치 살아있는 모습처럼 화사했고 또 따뜻했습니다. 그런 아내를 보내야 한다는 것이 진수는 믿기지 않았습니다. 그렇게 해서 힘들게 입관을 마치고 나온 복도에서 진수는 뜻밖의 상황과 마주하게 됩니다. 장모가 종이봉투를 뜬금없이 내미는 것이 아닌가요. 진수는 딸을 먼저 보내고 눈물로 범벅이 된 장모의 봉투를 얼결에 받아들며 의문이었습니다. 갑자기 뭔가 싶었던 것입니다. 이어지는 장모의 말씀은 그야말로 뜻밖이었습니다.

"오 서방. 수진이가 마지막에 날 찾은 거 기억하지? 그때 수진이가 내게 맡겨둔 봉투일세. 자네가 받게."

진수는 장모의 말에 그제야 그때 일이 떠올랐습니다. 그렇지 않아도 그때 무슨 말을 나눴나 궁금해서 확인해 본다는 것이 너무 경황이 없어 흘러버린 일이었습니다. 진수는 수진이가 남긴 유언인가 싶어 황급하게 봉투를 열었습니다. 그런데 정말 이상했습니다. 그 안에는 오만 원권 현금만 가득 담긴 것이 아닌가요. 수진이가 왜 이 돈을 장모님에게 남겼다는 것인지 선뜻 이해가 되지 않았습니다. 그래서 듣게 된 장모님의 말씀.

"수진이가 내게 부탁을 하더군. 자기가 떠나게 되면 자기보다 더 아프고 힘들어할 사람이 오 서방이라고. 그러니 엄마가 좀 도와달라고. 그러면서 이 봉투를 내게 내밀었네. 그래서 이게 뭐냐고 하니 자기가 오 서방에게 꼭 해주고 싶은 게 하나 있었다고. 깨끗한 양복을 한 벌 맞춰주고 싶었다는 거야. 그런데 그때마다 자네가 무슨 양복이 필요하냐며 끝끝내 거절해서 결국 못 해주고 떠날 것 같은데, 그렇게 되면 자기 대신 오 서방 양복 한 벌만 해서 입혀달라고 하더군. 자기 죽은 후에 남편이 남들 앞에서 더 깨끗하게 입고 다닐 수 있게 해 달라며 말일세.”

이 말을 전하며 오열하는 장모 앞에서 진수는 그냥 무너졌습니다. 마지막 순간까지도 오직 자기만 생각해 준 아내 수진. 그런 수진 앞에 진수가 무너진 것입니다.

“존경하는 재판장님. 저는 이 재판의 유무죄 결론에 대해 아무런 관심이 없습니다. 솔직히 고백하면 처음엔 딸아이의 소원 때문이었습니다. 그래서 아내가 떠나면서도 못난 남편인 절 생각한 것처럼 저 역시 아빠로서 딸에게 뭐든 해 주고 싶었습니다. 그런데 지금은 생각이 바뀌었습니다.”

진수의 말에 법정은 숙연해졌습니다. 진수는 잠시 판사석을 말없이 바라보다가 이내 다시 말을 이어갔습니다.

"저는 이 법정에서 유죄를 받을 것입니다. 하지만 그것은 사람들의 법정에서 내려지는 유죄가 될 것입니다. 수감된 이후 감옥 안에서 참 많은 생각을 했습니다. 말씀드렸던 것처럼 처음엔 딸아이 소원 때문에 아토를 바다로 돌려보낸 것이지만 만약 다시 그 시간이 온다면…. 이번엔 제 뜻으로 아토를 구할 것입니다. 동물의 낙원은 동물원이 아니기 때문입니다.

사람들은 자기 돈벌이를 위해 동물들을 가둬두고 있습니다. 왜 동물들의 의사와 상관없이 동물의 소유권을 사람들이 가진단 말입니까? 저에게 적용된 특수절도죄는, 그래서 말이 안 됩니다. 돌고래는 처음부터 누구의 소유가 아닌 돌고래의 자유였습니다. 그런데 이런 돌고래를 불법으로 생포하여 사람들이 잡아 가둔 것이니 이를 원래의 형태로 돌려보낸 제가 왜 처벌을 받아야 한단 말인가요?

그래서 저는 사람들 세상에서의 법정에서는 유죄일 수 있겠으나 돌고래의 법정에서는 무죄임을 확신합니다. 그래서 저는 후회하지 않습니다. 모든 동물원은 운영을 중단해야 합니다. 이것이 제가 아토를 바다로 돌려보낸 이유입니다."

진수의 말에 방청석을 가득 메운 동물보호단체 관계자들이 박수를 보내기 시작했습니다. 판사는 조용히 하라며 방망이를 쳤지만 박수 소리는 그치지 않았습니다. 그리고 그때, 진수와 함께 나란히 피고석에 앉아 있던 은정은 가만히 진수의 손 위로 자신의 손을 포개어 잡았습니다. 그렇게 잡은 은정의 손은 한동안 진수의 손 위에 얹어져 있었습니다.

햇살이 아름다운 초가을의 법정은 그렇게 저물어갔습니다. 마치 돌고래의 자유처럼.

너의 바다가 되어(큰글자도서)

초판인쇄 2022년 8월 18일
초판발행 2022년 8월 18일

지은이 고상만
발행인 채종준
발행처 한국학술정보(주)

주소 경기도 파주시 회동길 230(문발동)
문의 ksibook13@kstudy.com
출판신고 2003년 9월 25일 제406-2003-000012호

ISBN 979-11-6801-560-9 03810